U0537014

致青春——「青春诗会」40年

《诗刊》社 编

捌

第一卷（第一届——第五届）
第二卷（第六届——第十届）
第三卷（第十一届——第十五届）
第四卷（第十六届——第十九届）
第五卷（第二十届——第二十三届）
第六卷（第二十四届——第二十七届）
第七卷（第二十八届——第三十二届）
第八卷（第三十三届——第三十六届）

中国书籍出版社
China Book Press

图书在版编目（CIP）数据

致青春："青春诗会"40年：全八卷. 第八卷 /《诗刊》社编. — 北京：中国书籍出版社, 2021.5
ISBN 978-7-5068-8464-8

Ⅰ. ①致… Ⅱ. ①诗… Ⅲ. ①诗集－中国－当代 Ⅳ. ①I227

中国版本图书馆CIP数据核字（2021）第076458号

致青春——"青春诗会"40年：全八卷·第八卷
《诗刊》社 编

图书策划 王晓笛 武 斌
责任编辑 李雯璐
特约编辑 罗路晗
责任印制 孙马飞 马 芝
装帧设计 旺忘望
出版发行 中国书籍出版社
地 址 北京市丰台区三路居路 97 号（邮编：100073）
电 话 （010）52257143（总编室） （010）52257140（发行部）
电子邮箱 eo@chinabp.com.cn
经 销 全国新华书店
印 刷 三河市华东印刷有限公司
开 本 880毫米 × 1230毫米 1/32
字 数 192千字
印 张 6.75
版 次 2021年5月第1版
印 次 2021年5月第1次印刷
书 号 ISBN 978-7-5068-8464-8
定 价 480.00 元（全八卷）

目录

第三十三届

第三十四届

第三十六届

青春诗会

第三十三届

2017

第三十三届（2017年）

时间：

2017年8月21日～25日

地点：

甘肃陇南西和县

指导老师：

商　震、李少君、娜　夜、雷平阳、李元胜、霍俊明等

参会学员（15人）：

艾　蔻、段若兮、飞　廉、郝　炜、胡正刚、纪开芹、刘　山、马慧聪、马骥文、马　嘶、谈　骁、叶晓阳、张雁超、郑茂明、庄　凌

第三十三届“青春诗会”学员在杜少陵祠合影。前排左起：胡正刚、段若兮、庄凌、艾蔻、纪开芹；第二排左起：马慧聪、谈骁、郑茂明、刘山、郝炜；第三排左起：飞廉、马嘶、张雁超、马骥文

诗人档案

艾蔻（1981～　），女，原名周蕾，生于新疆南部，四川人。现居河北石家庄。中国作家协会会员。出版个人诗集《有的玩具生来就要被歌颂》《亮光歌舞团》。鲁迅文学院第三十一期中青年作家高研班学员。参加了《诗刊》社第三十三届“青春诗会”。

边境

艾　蔻

独子用远行报答母亲
地雷用沉默承诺拆弹部队
爆炸对时间下足了功夫
深挖浅埋，声东击西

雨水是太阳对河流的歉意
花向泥土兑现了凋零
腐烂，人间之王
它给死亡装上了信仰

从清晨到夜晚
从夜晚到清晨
我们在生死间穿行
界碑与墓碑，互换着身份

边境

艾蔻

独子用远行报答母亲
地雷用沉默承诺 拆弹部队
爆炸对时间下足了工夫
深挖浅埋，声东击西

雨水是太阳对河流的歉意
花向泥土兑现了凋零
腐烂，人间之王
它给死亡装上了信仰

从清晨到夜晚
从夜晚到清晨
我们在生死间穿行
界碑与墓碑，互换着身份

诗人档案

段若兮（1982~　），女，甘肃人。出版诗集《人间烟火》《去见见你的仇人》。作品入选2017年“21世纪文学之星丛书”。参加了《诗刊》社第三十三届“青春诗会”。鲁迅文学院第三十四期高研班学员。中国作家协会会员。现就读于鲁迅文学院与北京师范大学合办研究生班。

蝴　蝶

段若兮

斑纹。色彩。翅翼上悬坠的风
蝴蝶闯入四月，化身为豹
雄性
嗜血。无羁。没有盟友
每一次振翅都招来花朵的箭镞

三月的牢房太暗黑了
需要蝴蝶来砸碎枷锁
蝴蝶如豹！嘶吼，四野倾斜
花朵暴动
大地呈现崩塌之美

……花朵的血液快要流干了
蝴蝶是一只充满仇恨的豹子
扛起负伤的四月
奔向酴醾之境

蝴蝶

段若兮

斑纹、色彩、翅翼上悬坠的风
蝴蝶闯入四月、化身为豹
雄性。
嗜血、无羁、没有盟友
每一次振翅都招来花朵的箭镞

三月的牢房太暗黑了
需要蝴蝶来砸碎枷锁、
蝴蝶如豹、嘶吼、四野倾斜
花朵暴动、大地呈现崩塌之美

……花朵的血液快要流干了
蝴蝶是一只充满仇恨的豹子
扛起负伤的四月
奔向酴醾之境

诗人档案

飞廉（1977～　），原名武彦华，河南项城人。现居杭州。与友人创办民刊《野外》《诗建设》。出版有诗集《不可有悲哀》《捕风与雕龙》等。曾参加2017年《诗刊》社第三十三届“青春诗会”。2015年获《江南》首届江南诗歌奖提名奖、2016年获《诗刊》陈子昂青年诗歌奖、2019年首届苏轼诗歌奖等奖项。

雨水日遣兴

飞　廉

邻家春节从故乡带回一只公鸡，
每天凌晨一两点开始啼鸣，
白天更是讴歌不已——
文辞粲然，
翻译出来，大概也是《说难》《孤愤》一类文章，
大概也梦想着
太史公那样“述往事，思来者”。
宰杀之时，长鸣的激烈，
更让我想起谭嗣同。
而我这次还乡——孔子教礼的地方，
只有那群雪后的白鹅，
至今仍保有一点子产、袁安的庄严……

雨水日遣兴

邻家春节从故乡带回一只公鸡,
孩凌晨一两点开始啼鸣,
白天更是鸣叫不已——
文辞絮然,
翻译出来,大概也是《说难》《孤愤》一类文章,
大概也梦想着
太史公那样"述往事,思来者"。
宰杀之时,它的鸣叫激烈,
更让我想起谭嗣同。
而我这次返乡——见了那么多衣冠之士,
只有那群雪片似的白孔雀,
至今保有一点孤芳、高贵、庄严……

2016年2月19日.

飞廉书于2020年7月16日.

诗人档案

郝炜（1982~　），甘肃成县人。曾在《人民文学》《十月》《诗刊》等刊物发表作品，参加了《诗刊》社第三十三届“青春诗会”。获甘肃省第四、第六、第七届黄河文学奖。出版文化随笔专著《茶与马：在山河的旧梦里》，诗集《说好的雪》。

琴　岛

郝　炜

常去岛上
做两件
虚无之事：静观夕阳收走
海上炼金的蜂群
迎接滚滚而来的波涛
看繁星从海底升起……

大海转身离开的时候
两件事已经做完
我就会一个人坐在暗礁上
听任内心的巨鲸
对着海岸反复喷水

琴岛

· 甘肃 郭婕

若去岛上
做两件
虚无之事：静观夕阳收走
海上炼金的蜂群
迎接滚滚而来的波涛
看繁星从海底升起……
大海转身离开的时候
两件事已经做完
我就会一个人坐在暗礁上
听任内心的巨鲸
对着海岸反复喷水

2020年7月31日作于陇南

诗人档案

胡正刚（1986～ ），云南姚安人。中国作家协会会员。著有诗集《问自己》，非虚构《丛林里的北回归线》。参加《诗刊》社第三十三届“青春诗会”。曾获《扬子江》青年诗人奖、华语青年作家奖等奖项。

谒杜少陵祠

胡正刚

秋风带走的哀鸣
流水顺着河谷，又送了回来
——它们是光阴的信使，怀中塞满
一封封地址不详的信件

竹影陈旧，苔痕却是新的
拾级而上，登高犹如临渊
这峭壁上的寂静，仿若一种训示
加深着我内心的暮色

这与在黑夜的深渊里向你呼救
不一样。杜甫先生
临渊而立，这胸中奔涌的热血
和夺眶而出的热泪
都是你递过来的一根稻草

谒杜少陵祠

胡正刚

秋风带走了哀鸣
流水顺着河谷，又送了回来
——它们是光阴的信使，怀中塞满
一封封地址不详的信件

竹影陈旧，苔痕却是新的
拾级而上，登高犹如临渊
这满壁上的寂静，仿若一种训示
加深着我内心的暮色

这与在黑夜的深渊里向你呼救
不一样。杜甫先生
临渊而立，这胸中奔涌的热血
和夺眶而出的热泪
都是你递过来的一根稻草

（写于2017年参加《诗刊社》第33届"青春诗会"期间）

诗人档案

纪开芹（1981～ ），女，安徽寿县人。中国作家协会会员。作品发表于《诗刊》《解放军文艺》等刊物。参加了《诗刊》社第三十三届“青春诗会”。出版诗文集《修得一颗柔软之心》等四部。获安徽省政府社科（文学类）奖。安徽文学院第六届签约作家。

冬天的麻雀

纪开芹

那么小。每只麻雀体内
都站着一个人
男的，女的，老的，少的
时间擦过它们的羽毛

冬天麻雀们在叫，替体内的那个人
在叫。欢喜时叫
悲伤时也叫
其他大多时间都是沉默的

风雪来临时，屋檐才显得温暖
麻雀们满心欢喜
也有少数几只依旧孤单
北风是巨大坟墓，吞噬它们渺小的呼唤

那么小。每只麻雀体内都站着一个人
男的，女的，老的，少的
春风不来，它们就显得无助，戚惶
黄昏时像碎屑那样飞

冬天的麻雀

纪开芹

那么小，每只麻雀体内
都站着一个人
男的，女的，老的，少的
时间擦过它们的羽毛

冬天麻雀们在叫，替体内的那个人
在叫。欢喜时叫
悲伤时也叫
其它大多时间都是沉默的

风雪来临时，屋檐才会显得温暖
麻雀们满心欢喜
也有少数几只依旧孤单
把风当巨大坟墓，吞噬它们细小的呼唤

那么小。每只麻雀体内都站着一个人
男的，女的，老的，少的
春风不来，它们就显得无助，戚惶
黄昏时像碎屑那样飞

《诗刊》2017年12月
第33届"青春诗会"

诗人档案

刘山（1980~ ），甘肃武威人。中国作家协会会员。参加了《诗刊》社第三十三届"青春诗会"。至今已在《中国作家》《北京文学》《诗刊》《上海文学》《青春》等刊物上发表各类文学作品近百万字。有多篇作品入选各种作品集和年选本。曾获甘肃省敦煌文艺奖、甘肃省黄河文学奖、甘肃省杂文评选一等奖（第一名）等奖项。已出版中短篇小说选《阳光不锈》，诗集《春风痒》《病中书》等。

时光记

刘 山

时光有纤足，在屋脊上小心翼翼行走
一度让你察觉到它的慢
有时连风，也比它来得突然
它也有翅膀，但喜欢静止
甚至一度在记忆里倒退
有时藏得很深，我们
在寻找时沉溺其中并不自知
更多时候，它徘徊在
生活宽大的刃口之上，将其磨得锋利
但我们都已经学会，并精通了
在刀锋上行走的技艺

时光记

时光有纤足，在屋脊上小心翼翼行走
一度让你察到它的慢
有时迭风，也比它来得突然
它也有翅膀，但喜欢静止
甚至一度在记忆里倒退
有时藏得很深，我们
在寻找时沉溺其中并不自知
更多时候，它徘徊在
生活宽大的刀口之上，将其磨得锋利
但我们都已经学会，并精通了
在刀锋上行走的技艺

——刘川

诗人档案

马慧聪（1983～　），生于陕西神木。诗人，品牌活动策划师。2000年提出“绿色文学”理念。中国作家协会会员。出版诗集《人模树样》《渴望》《守候》等。荣获全国十大80后作家主编、徐志摩诗歌奖、中国长诗奖、中国青年诗人奖、陕西青年五四奖章、草原文学奖等奖项和荣誉。参加了《诗刊》社第三十三届“青春诗会”。

刀

马慧聪

十多年前在县城
一把菜刀
从我家的阳台跌落
杳无音信
从那天开始
我的后脑勺，就凉飕飕的
只要站在高楼下边
我总会仰起头来
看了再看
感觉那把刀
一直悬浮在某个角落
它在等着我
正好路过

刀

马慧聪

十多年前在县城
一把菜刀
从我家的阳台跌落
杳无音信
从那天开始
我的后脑勺，就凉飕飕的
只要站在高楼下边
我总会仰起头来
看了再看
感觉那把刀
一直悬浮在某个角落
它在等着我
正好路过.

马嘶（1978~　），本名马永林，生于四川巴中，现居成都。巴金文学院签约作家。曾参加《诗刊》社第三十三届“青春诗会”。2013年获《星星》首届“四川十大青年诗人”奖。出版有诗集《热爱》《莫须有》《春山可望》。2018年创办“三径书院”。

鸟鸣赋

马　嘶

刚满百天的行之，对这个清晨还不能
说出一句完整的声音
鸟儿在看不见的地方并不
沮丧。树荫下，他在短暂的兴奋后
又酣酣睡去，阳光俯身下来
凝视怀中的他
仿佛凝视着，刚刚脱胎的我
林中处处都有新的美
有新的事物，加入新的一天
而我，还是从众多的鸟鸣中分辨出了
此刻陪他入睡的那一只
给他披秋衫的那一只，也是昨夜
唤醒我的那一只。我模仿
它的鸣叫，替儿子回应了一声

剛滿百天的仔仔，對這個清晨還不能
說出一句完整的聲音
鳥兒在看不是的地方並不
迎來。樹蔭下，他在短暫的興奋后
又酣酣睡去，阳光俯身下来
凝视怀中的他
仿佛凝视着，刚刚脱胎的我
林中处处都有新的美
有新的事物，加入新的一天
而我，还是从众多的鸟鸣中分辨出了
此刻陪他入睡的那一只
給他披秋衣的那一只，也是昨夜
唤醒我的那一只。我模仿
它的鸣叫，替儿子回应了一聲

馬嘶"鸟鸣赋"

2020年6月30日书于成都

诗人档案

谈骁（1987~ ），土家族，出生于湖北恩施。湖北省文学院第十二、十三届签约作家。出版诗集《以你之名》《涌向平静》。参加《诗刊》社第三十三届“青春诗会”。曾获《长江文艺》诗歌双年奖、《扬子江诗刊》青年诗人奖、华文青年诗人奖等奖项。

河流从不催促过河的人

谈　骁

雨后，伍家河涨水了
石头太滑，不能踩
有水沫的地方看不清深浅，不能踩
水清的地方，比看到的要深，不能踩
好在河岸很长，河道转弯的地方
藏着让一切变慢的细沙
这是伍家河温柔的部分
河水平缓，低于我们卷起的裤腿
对岸也平缓，河流从不催促过河的人

河流从不催促过河的人

谈骁

雨后，红缨河涨水了
石头太滑，不能踩
有水沫的地方看不清深浅，不能踩
水清的地方，比看到的要深，不能踩
好在河岸很长，河道转弯的地方
藏着让一切变慢的细沙
这是红缨河温柔的部分
河水平缓，低于我们卷起的裤腿
对岸也平缓，河流从不催促过河的人

《诗刊》2017年青春诗会专号

诗人档案

叶晓阳（1988~　），出生于重庆，学于北京，著有诗集《鼓捣社》《人民教育为人民》《滚滚啊红尘》《金门县》《天人喜爱》《你会被教育成一个坏人》等。曾获未名诗歌奖和光华诗歌奖。2017年参加第三十三届“青春诗会”。出版诗集《雨来》。

雨　人

叶晓阳

1. 松江

好几次人在梦中，不觉有几次
坐上去松江的地铁
不觉有几人站在佘山，只有春天

新竹并桃花，更在山腰之内外
青词更醒，路逢徐少湖
晚岁寻几番到中年，远近是江海

2. 天涯

到了天涯区，飞机比天阴还低
有几天干脆直奔海底，虾蟹成兵
文盲俱在贝壳，不管海况

站在泰坦尼克船头，问妈妈肉丝
是何人斯；卧坐槟榔树下
苦读经书从今起，迎风写山河

3. 双流

从机场出来，鸭兔老少不分群
深心保卫相亲路；到底春秋之交
你离开了成都，从此没有老妈蹄花

公路运更多四川妹，再次巴心巴肠
樱桃结果成仇；只有飞机上真空
明日一起统山河，努力多吃饭

4. 新津

在加勒比海深处，那些去年
逝去的人逐次浮出，不是海豚的
凌空一闪，也不是海，在浪里欢忧

只有无穷无尽的逆旅，再难以预料
下一艘船，出现在航线，来何方
千百人看船尾消失，我看鱼王

《雨人》

叶晓阳

1. 松江

好几次人在梦中，不觉有几次
坐上去松江的地铁
不觉有几人就站在佘山，山有春天

新竹并桃花，隐在山腰之内外
有词来醒，路边绿水湖
晚客寻几春到中年，还道是江南
2018.3.15

2. 天涯

到了天涯边，飞机比天涯还低
有几天手腕上套海底，虾蟹战兵
文青仙在贝壳，不管抽风

站在泰国尾巴船头，问好好的丝
是何人斩；卧坐槟榔树下
若论往事从今起，迎风思山海.

3. 双流

从机场出来，鸭兔老少不分辨

深山保卫战开始；到底看谁之交

分离开了成都，从此没有老的归来

公路运来了四川妹，再见巴山巴蜀

辉煌 结果成仇；只有飞机上真空

明日一起绕山河，努力为阶级

2019.4.15

4. 新津

在加勒比海深处，那些去年

遇至此人这次送出，不是输脑的

温室一角，也不是海·豆浆电视机

只有无穷无尽的逐狼，再难以预料

下一艘船，出现在航线，来往了

千百人看船底消失，或看鱼王

2019.12.11

诗人档案

张雁超（1986～ ），云南省威信县人。职业警察。参加《诗刊》社第三十三届“青春诗会”。曾获云南省作协“2017年年度作家”称号，获第二届中国公安诗歌新锐诗人奖。诗集《大江在侧》获第八届云南文艺创作一等奖。现居云南省水富市。

后登台

张雁超

庙顶的荒草仍旧高于废庙
他眺望大过江湖的云卷

云卷滚动，城市压低压小压空
云卷滚动，大江撵进乱山不见
这时陈子昂走上了他的心头
陈子昂说，当年站在幽州台吹风
一个人想着想着就哭了

后山的荒草仍旧高于屋顶
仰头眺望大过江湖的云卷

云卷滚动，城市在低处不存在
云卷滚动，大江挤进乱山不见
这时陈子昂走上他的心头，
陈子昂说，当年站在鹦鹉洲台吹风
一个人想着想着就哭了

——《后登台》

张执浩二〇二〇年七月手书。

诗人档案

郑茂明（1980~　），生于山东德州，现居河北唐山。中国作家协会会员。作品在《诗刊》《青年文学》等刊发表，诗作入选多种选本。著有诗集《一只胃的诊断书》《忧郁的尘埃》《秋日笔记》。曾参加《诗刊》社第三十三届“青春诗会”。

光之斑

郑茂明

午夜十二点，我收拢起困倦
窝在沙发里读狄兰·托马斯
《羊齿山》有如人间仙境
让我想起班得瑞和他们的轻音乐
美在消亡中，时间带来腐朽
一切美的东西令人警觉
当我在绿树蒙翳的河边小憩
看见阳光透过树冠投下细碎的光斑
打开明亮和黑暗交织着的世界
当光斑消失，正如托马斯所言
“没有太阳照耀的地方，光在碎裂”
一定有什么已经消亡包括光本身
春光萌发无法阻挡
仿佛一台老式复印机

复制出无限的绿荫和花朵
我置身苹果树下，一再接受芬芳的恩宠
直到月亮送来马车，沿途洒满了银

光之斑

午夜十二点，我收拢起困倦
窝在沙发里读狄伦·托马斯
《羊齿山》有如人间仙境
让我想起班德瑞和他们的轻音乐
美在消逝之中，时间带来腐朽
一切美的东西令人警觉
当我在绿树掩映的河边小憩
看见阳光透过树枝投下细碎的光斑
打开明亮和黑暗交织着的世界
当光斑消失，正如托马斯所言
“没有太阳照耀的地方，光在破晓”
一定有什么已悄悄包括光本身

春光萌发无法阻挡
仿佛一台老式复印机
复印出无限的绿荫和花朵
我置身苹果树下，一再接受芬芳的围困
直到月亮送来马车，沿途洒满了银

郑茂明
2020.4.26

诗人档案

庄凌（1991～　），女，山东日照人。山东省作家协会签约作家。在《人民文学》《中国作家》《钟山》等发表组诗，参加《诗刊》社第三十三届“青春诗会”。获2016《扬子江诗刊》年度青年诗人奖、第五届“包商银行杯”全国高校征文诗歌一等奖、第二届中国青年诗人奖、首届华语青年作家奖等奖项。出版诗集《本色》。

走　神

庄　凌

让月亮，照人类，也照妖精
打一个盹儿，我就被请到了天上
飞来，又飞走。而人群里
我一直是恍惚的，也是消失的
我愿意，被这个世界一点点忘记
然后又被谁突然想起

我想看看，左边有什么，右边有什么
用左边的西红柿，反对右边的小白菜
更多时候，我用左手的指甲
温暖右手里的疤痕
生活常常左顾右盼。我也会坐下来
和自己，好好谈一谈

我想学西施，还想学柳如是
英雄与小人，都踩在我的高跟鞋下
走在阴云密布的路上
我突然亮了一下

我想与一个陌生人在雨水中拥抱
交换彼此的干燥，或烘干的秘密
现在，我把异乡翻开
看一眼。像看一枚硬币的正面与反面

《走神》
庄凌

让月亮，跟人类，也跟妖精
打一个盹儿，我就被请到了天上
飞来，又飞去。而人群里
我一直是恍惚的，也是消失的
我愿意，被这个世界一点点忘记
然后又被谁突然想起

我想看看，左边有什么，右边有什么
用左边的西红柿，反对右边的小白菜
更多时候，我用左手的指甲
温暖右手里的疤痕
生活常常左顾右盼。我也会坐下来
和自己，好好谈一谈

我想学雨滴，还想学柳如是
更都与小人，都踩在我的高跟鞋下
走在阴云密布的路上
我突然亮了一下

我想与一个陌生人在雨水中拥抱
交换彼此的干燥，或烘干的秘密
现在，我想春再多翻开
看一眼。像看一枚硬币的正面与反面

2020.6.8

友人相伴觅佳篇

——《诗刊》社第三十三届“青春诗会”侧记

黄尚恩

2017年8月21日至25日，由《诗刊》社、中共陇南市委宣传部联合主办的第三十三届“青春诗会”在甘肃省陇南市举行。参加本届诗会的15位青年诗人是：艾蔻、段若兮、飞廉、郝炜、胡正刚、纪开芹、刘山、马慧聪、马骥文、马嘶、谈骁、叶晓阳、张雁超、郑茂明、庄凌。

第一天，诗人们从不同的地方向陇南汇聚，大部队先是在四川广元机场碰头，再坐6个小时的汽车抵达陇南西和县，当晚的预备会上，大家彼此做了简单的自我介绍，然后是学员分组，并知道叶晓阳因为在美国，没法来参加诗会，但稿子照改。诗会开幕式在第二天举行。中国作协副主席吉狄马加，中共陇南市委书记孙雪涛，北京大学教授谢冕，《诗刊》常务副主编商震、副主编李少君，甘肃省作协副主席叶舟，中共陇南市委常委、宣传部部长李兴华，中共西和县委书记曹勇等出席。吉狄马加在致辞中说，习近平总书记关于文艺工作的系列重要讲话，为社会主义文艺的繁荣发展指明了方向，绘制了美好的蓝图；青年诗人们要深入学习贯彻习总书记的重要讲话精神，坚持以人民为中心的创作导向，虚心向人民学习，保持诗歌创作与火热生活的紧密联系。此次诗会在陇南举办，与会诗人既要认真改稿、积极交流创作经验，也应该深入到人民群众的生活之中，创作优秀的作品，反映陇南悠久的历史和丰富的民间文化，见证人民为创造美好新生活所进行的伟大实践和所体现的艰苦奋斗精神。

诗会期间，谢冕与马嘶合影

在开幕式上，孙雪涛、谢冕、商震、叶舟等也分别致辞，希望青年诗人们珍惜这次难得的学习机会，明确自己在诗歌创作中的责任，以更加优秀的作品向诗坛报到。

据介绍，本届"青春诗会"在征稿过程中共收到931份稿件，经过三轮严格评选，最终才确定15位代表名单。他们的诗歌创作风格各异，有的直接呈现来自现实生活的诗意细节，有的将个体感受、现实观察、知识积累进行综合处理，有的喜欢直抒胸臆同时注意语调的起伏，有的则通过叙述展现场景和画面从而抵达诗意。因为诗歌，他们的心灵世界变得更加细腻而开阔，正如艾蔻在作为参会诗人代表发言时所说的："我凭借诗歌，从暴力的武断与身心的惶恐中静定下来，在诗歌的字里行间汲取珍贵的启明与力量，不断获得对未来、对生命的美好向往。随着写作的推进，我的诗歌不再满足于当年寻求安慰式的小知觉、小叹息，而是在理性思考与冲动表达的合力之下迫切指向那更为开阔、丰富的文字疆土。"

诗会期间，正值当地举办第九届乞巧女儿节，诗人们参加了乞巧女儿节开幕式、乞巧苑书画展等活动，并到乞巧文化展览馆以及多个具有丰富乞巧文化的村落参观。诗人们还到西和县参观红色革命纪念馆，前往成县参观书法名碑《西狭颂》和杜甫草堂，并与陇南的诗歌创作者们进行座谈交流。

改稿是每一届“青春诗会”的核心工作，《诗刊》社邀请娜夜、雷平阳、李元胜、霍俊明担任本届诗会的辅导老师，分组对他们的稿件进行修改，每一组还配有一位《诗刊》编辑作为辅助。在改稿中，大家从具体稿件出发，谈及当下青年诗人在创作中普遍存在的一些问题。比如，书写现实生活流于表面，不能进行诗意提升；在诗作的结尾喜欢拔高一下，但却容易沦为标语、口号；以才学为诗，写及很多书名和知识，却淹没了诗人的性情；找不到诗歌创作上的“根据地”和“主心骨”，作品的建构性不足等等。

在所有参会诗人中，飞廉算是青年诗人中的“老诗人”了，他和泉子、胡人、江离、方石英等构成了非常活跃的杭州青年诗人群。这近几届的“青春诗会”中，几乎每一届都有来自这个群体的诗人

第三十三届“青春诗会”指导老师、学员合影。左起：马骥文、王单单、胡正刚、霍俊明、谈骁

参会。飞廉看上去沉稳、安静，他的创作带有浓重的江南印记，充满细腻的感觉，但他又试图去掉江南诗歌的那份油腻，写得散淡一些，他的写作风格已经较为成熟。在所提交的这组诗歌里，他谈了过多的读书感受，辅导老师雷平阳在点评的时候，就问了一句："诗人的性情在哪里？"这或许与江南人的委婉、不直露有关，飞廉更多的是写一种心境，诗歌的身体性、动作性难免弱一些。这可能出于一种诗歌观念的差异。

诗会期间，娜夜、艾蔻、商震合影（左起）

诗人性情的匮乏，不仅仅存在于知识性写作之中，一些经验性的写作亦是如此。在参加本届"青春诗会"的青年诗人中，以经验的书写构建诗篇的人不少。云南诗人胡正刚和张雁超就是其中的鲜明例子。他们两位是同年同月同日生，又同处云南，深受本省前辈诗人写实诗风的影响，在诗歌创作上有很多的共同之处。但细细品读，胡正刚诗歌篇幅较长，内里有一种庞杂、嘈乱之声，但似乎缺乏充分的紧张感；而张雁超的诗与人呈现出某种分裂的状态，在诗会中人很开朗、活跃，喜欢开各种玩笑，但在诗歌中却呈现出沉静、澄明的状态。在派出所工作的他，很多时候要面对纷争、生死，这或许让他对人生有更为透彻的理解。但无论如何，我们在这两位的诗歌中，看到过多的经验，彰显个性、性情的诗句不够多。这或许又是另外一种写作倾向的缘故，"零度写作"，冷峻地呈现经验，不需要太多的性情。

注重书写日常经验的诗人还有马嘶、谈骁。马嘶出版过好几本

三姐妹合影。左起：纪开芹、庄凌、艾蔻

诗集了，诗歌创作也比较成熟。他的诗歌善于书写细部的经验，难能可贵的是，他能够在经验中注入个体的情感、情绪，主客观达到了较好的融合，词语的使用游刃有余，但一想到他在诗会中中气十足的爽朗笑声，总觉得他可以写得更壮阔一些。谈骁的诗歌对个体的生命经验进行了抽丝剥茧的描写，有时候也可以就具体的生活细节进行自然而然的提升。比如，在《虚构》一诗中有这么两句："一次又一次地，我努力把字写好 / 那过分的工整，像是掩饰在其他事情上的无能。"他不断地回溯自己的童年经验、乡村经验，但写多了也会有些重复，无论是题材还是写作的模式上，均需要进一步地拓展。谈骁在长江文艺出版社诗歌出版中心担任编辑，对当下的诗歌现状是非常熟悉的，这为他不断提升自我的写作提供了新的可能。

当下的青年诗人都接受了比较好的诗歌教育，他们在诗歌写作中注重修辞。正在清华大学读博士的马骥文就是如此，他的诗歌具有绵密的词语、细腻的语调，情绪的抒发和语词的调用相得益彰。辅导老师霍俊明在点评其诗歌时说，因为有丰富的阅读经验和修辞训练，加上民族传统文化心理的影响，他的诗歌被一种特殊的语调所笼罩，读起来十分舒服。但诗歌中用了太多的"大词"，与当下的生活距离过远，应该注入自己更为直接的体温和生命体验。

"好诗有几个标准？"在李元胜、聂权带领的那一小组中，不断地在探讨这个问题。"完成度""见性情""词语的调用"等关键词不

三姐妹合影：纪开芹、段若兮、艾蔻（左起）

断冒出。标准很容易提出，要真正实现非常困难。比如在段若兮的诗歌中，能够看到一个决绝的自我，她沉湎于美的事物，毫不理会俗世的纷争。诗人的性情突显而出，但有时候会觉得在词语和语调上可以更加多样一些；刘山、郑茂明的诗歌，也各具特色，但有一些诗作的完成度不够，很好的素材、很好的诗歌感觉，但有时候词语表达方面跟不上。

从诗作的标题、结尾到叙事的推进、语言的锤炼，诗人在创作时需要对每一方面不断打磨。辅导老师娜夜在与组员交流时，针对具体的诗作，就词语的选择、行与行的关系、段与段的关系、行及段落的取舍、诗歌的整体性等问题进行讨论。比如，艾蔻的诗歌短小、精致，善于以细部的经验打动人，但需要进行大量、系统性的诗歌阅读，开阔视野。纪开芹创作诗歌的时间并不是太长，但没写多久就写进了“青春诗会”，这十分难得。娜夜老师觉得她的分行断句可以更加考究一些，但也许诗人有自己在语言气息方面的考虑。

这一届的与会诗人，总体的写作水准很好。除了前面提到的诗人，郝炜、马慧聪、叶晓阳、庄凌等诗人的作品也各具神韵。辅导老师们在交流的过程中，出于让学员更上一层楼的考虑，提出了很严格的要求，有时候一首诗删得只剩一半了。参加“青春诗会”的益处就是，获得来自他者的认真批评，得以反思自己在写作上存在的问题。但是，这并不应该导致青年诗人们放弃自己原有的特点和优势。诗歌写作本来就是一个讲究偏执的事业，如果面面俱到，总想着各种束缚、要求，写出来的反而可能是不太好的作品了。有时候需要偏执，有时候需要反思，路总会越走越宽的，这或许是“青春诗会”留给他们每个人的印记。

青春诗会

第三十四届

2018

第三十四届（2018 年）

时间：

2018 年 9 月 26 日 ~ 29 日

地点：

安徽蚌埠

指导老师：

李少君、张执浩、陈先发、胡　弦、杨庆祥、西　娃等

参会学员（15 人）：

丫　丫、江一苇、吕　达、刘　汀、陈巨飞、余　真、李海鹏、洪光越、欧阳学谦、夏　午、盛　兴、康　雪、缎轻轻、雷晓宇、熊　曼

第三十四届“青春诗会”学员们合影。前排左起：缎轻轻、丫丫、余真、熊曼、吕达、康雪、夏午；后排左起：江一苇、李海鹏、洪光越、雷晓宇、盛兴、刘汀、陈巨飞（欧阳学谦未到会）

诗人档案

丫丫（1980~　），女，本名陆燕姜。中国作家协会会员。广东文学院签约作家。现供职于潮州文学院。曾参加《诗刊》社第三十四届“青春诗会”。作品刊于《人民文学》《诗刊》《星星》等国内外报刊，入选多种重要诗歌选本。曾获数项诗歌奖。已出版个人诗集《空日历》等六部，部分作品被翻译成英语、日语、西班牙语、意大利语、蒙古语等。

灯　神

丫　丫

她拿了根绣花针，轻轻地
拨了拨灯芯——一下，两下，三下
整间屋子，不，整个世界
就开始神光满溢。所有事物，被点亮

床、梳妆台、墙角的仿真百合
窗帘、地上的灰尘，甚至
她脸上浅浅的小雀斑
便不安分地，动了起来

噔，噔，噔……她听到有人在体内
爬楼梯的声音。沿着肋骨，拾级而上
如果没有猜错，那人一定是
左手持着火把，右手拿着铁锹

微光中，一个巨大的茅塞被撬开
她脑壳里那些酸性、碱性
阳性、阴性的词，奋不顾身
冲了出来。她们手牵手，跳起火圈舞

有风吹来。火光激动了一下
像极眼前这场，不大不小的动荡

灯神

她拿了根缝衣针，轻轻地
拨了拨灯芯——一下，两下，三下
整间屋子，不，整个世界
就开始神光漫溢。所有事物，被点亮

床，梳妆台，墙角的香水百合
窗帘，地上的灰尘，甚至
她脸上浅浅的小雀斑
便不安分地，动了起来

噔，噔，噔……她听到有人在体内
爬楼梯的声音，沿着肋骨，拾级而上

如果没有猜错，那人一定是
左手持着火把，右手拿着铁锹.

微光中，一个巨大的茅塞被撬开.
地壳里那些酸性、碱性、
阳性、阴性的词，奋不顾身，
冲了出来，她们手牵手，跳起火圈舞.

有风吹来，火光微动了一下.
像极眼前之地，不大不小的动荡.

竹子 2020年初夏.
于广东潮州文学院.

江一苇（1982~　），本名李金奎，生于甘肃渭源。有诗作散见于各种刊物并入选多种选本。参加《诗刊》社第三十四届“青春诗会”。获《诗刊》诗歌阅读馆2017年度（第二届）十大好诗奖、第四届李杜诗歌奖新锐奖等奖项。著有诗集《摸天空》。

万有引力

江一苇

父亲，你越来越弯曲的身子，
让我看到了可怕的万有引力。
它揽着你的脖颈，
不停地往下拽。
有时，我甚至听到
骨头在你体内嘎吱作响的声音。
你曾经有过挣扎吗？父亲
作为在你的树荫下辛苦活着的一代，
父亲，你让我相信，
无数直木
就是这样被扭曲成车轮的。

万有引力

江一苇

父親，你越来越彎曲的身子，
讓我看到了可怕的万有引力。
它攥着你的脖颈，
不停地往下拽。
有時，我甚至聽到
骨頭在你体内嘎吱吱响的聲音。
你曾經有過掙扎嗎？父親
以為在你椎節節辛苦活着的一代
父親，你讓我相信
萬物生來
就是這樣被扭曲成車軛的。

原刊『中國詩歌』二〇二四年
第六期．庚子夏月江一苇於
渭水之畔

诗人档案

吕达（1989~　），女，生于安徽太湖。作品散见于各文学期刊和网络平台。曾参加《诗刊》社第三十四届"青春诗会"。著有诗集《伊甸园纪事》。

山岗上

吕　达

在家乡的山岗上
我是零零碎碎的天才
爱上了零零碎碎的人间
野花漫山开放
我是其中一朵

等到白雪覆盖大地
在他乡的山岗上
到处都有人传唱我的诗篇

山岗上

在家乡的山岗上
我是零零碎碎的天才
随上了零零碎碎的人间
野花漫山开放
我是其中一朵

等到白雪覆盖大地
在他乡的山岗上
到处都有人传唱我的诗篇

吕达

诗人档案

刘汀（1981～　），生于内蒙古赤峰市。青年作家、诗人。参加了《诗刊》社第三十四届“青春诗会”。出版有长篇小说《布克村信札》，散文集《浮生》《老家》《暖暖》，小说集《中国奇谭》《人生最焦虑的就是吃些什么》，诗集《我为这人间操碎了心》等著作。

活　着

刘　汀

漫山遍野的人啊
你们为什么活着
为了像庄稼吧
能生在土里
风吹来的时候
就晃一晃

活着

刘仁

漫山遍野的人啊
你们为什么活着
为了像庄稼吧
能生在土里
风吹来的时候
就晃一晃

刘仁庚子夏于北京

诗人档案

陈巨飞（1982～ ），生于安徽六安。2004年创办“河畔诗社”。2018年参加《诗刊》社第三十四届“青春诗会”。中国作家协会会员。安徽文学艺术院第四届、第六届签约作家。先后获得安徽诗歌奖、李杜诗歌奖、紫蓬新锐诗歌奖、中国青年诗人奖等奖项。出版诗集《清风起》《时光书》。

匡 冲

陈巨飞

你要去匡冲吗？
毛莨、紫云英、小鹅花和凤仙
捎来口信——
你乘坐童年时滚的铁环
在云端上走得太远，该停下来了
去匡冲，要走小路
找到一棵枫树和一个乳名
要顺着炊烟的阶梯向下
在灶膛里找到黝黑的石头，向它问路
它告诉你，去匡冲
要赶在冬日的夜晚
有人风尘仆仆，在火塘边谈论死去的亲人
那是个手机没有信号的地方
要用植物的根蔓来导航

年复一年，草木新发，它与死者握手
又与你剪断的脐带相连
它触摸过死，也亲近过生
你要去匡冲吗？
今晚，你骑着月光即可抵达
山脚下，穷人的屋顶白茫茫一片
你跪在父亲的坟前，像一座漆黑的墓碑
没有悔恨的泪水
也没有骄傲的墓志铭

匡冲

陈巨飞

你要去匡冲吗？
毛茛、紫云英、山鹅花和凤仙
捎来口信——
你乘坐童年时滚的铁环
在云端上走得太远，须停下来了
去匡冲，要走山路
找到一棵枫树和一个乳名
要顺着炊烟的阶梯向下
在灶膛里找到黝黑的石头，向它问路
它告诉你，去匡冲
要赶在冬日的夜晚

有人用老外外，在火塘边谈论故去的亲人
那是个手机没有信号的地方
要用植物的根蔓来导航
年复一年，草木新发，它与死者握手
又与你剪断的脐带相连
它触摸过死，也穿透过生
你要去远方吗？
今晚，你踩着月光即可抵达
山那边，家人的屋顶白茫茫一片
你跪在父亲的坟前，像一位漆黑的墓碑
没有悔恨的泪水
也没有残败的墓志铭

2020.7.10 北京

诗人档案

余真（1998~　），女，生于重庆江津，现居深圳。作品见于《诗刊》《星星》《诗歌月刊》《长江文艺》《花城》《中国校园文学》等刊物。曾获第一届大江南北新青年诗人奖（2016）、陈子昂青年诗人奖（2017）等奖项。作品入选多种选本。参加《诗刊》社第三十四届“青春诗会”。出版个人诗集《小叶榕》。

汤匙赋

余　真

饱满的汤匙，你是栽入池中的扁舟
他们用利剑形容你英勇之状。站在扁舟上的人
你不舍地挂在水池边缘，这钝剑的边缘
年幼的浣衣女，发如水藻。日日进献着倒影，我们
看不到锦鲤在穹宇仰泳，天空失去了水底的一切
这像你从汤匙背部、镜子棱角，给我的
迂回光影。这规则的四周，凹凸有致的光影
在汤匙的战栗中波折了数次，拒绝形成
钢化膜一样的裂纹。这不具边缘的
创伤。垂钓的人，他在等水面平静的时候
掀起这块殓布，如果有幸，悉知一个人的无憾
从他头重脚轻的身姿上，看到他红锈斑斑、疮痍满目

汤匙赋

钝齿的汤匙，你是栽入池中的扁舟
他们用利剑形容你英勇之状。站在扁舟上的人
你不舍地搁在水池边缘，这钝剑的边缘
系细的浣衣女，发如水藻。日生进面，献着倒影，我们
看不到纹理在穹窿仰泳，天空失去了水底的一切
这像你从汤匙背部、镜子棱角，给我们
返回光影。这整块的四周，凹凸有致的光影
在汤匙的数案中波折了数次，拒绝形成
细化眼一样的碎纹。这不是边缘的
割伤。垂钓的人，他在等待地面平静的时候
掀起这块石板布，有着悲哀一个人的无憾
从他沉重脚程的身躯上，看到他红绕斑斑、疤痕满目

二零二零年七月九日 余真

诗人档案

李海鹏（1990~　），生于辽宁沈阳。曾获诗东西（DJS）青年诗人奖、未名诗歌奖、光华诗歌奖、樱花诗赛一等奖等奖项。出版诗集《转运汉传奇》《励精图治》，译有但丁《新生》(合译)。作品见于《诗刊》《星星》《扬子江诗刊》《诗林》《上海文学》《飞地》等刊物。从事中国现当代新诗研究及批评，兼从事诗歌翻译、诗学翻译及诗歌翻译理论研究。参加了《诗刊》社第三十四届“青春诗会”。

观　琴

李海鹏

The low sound continuing
after his hand left the strings,
And the sound went up like smoke, under the leaves.
——The Cantos of Ezra Pound

独坐高楼六层，霾更浓
夜晚，三环桥不胜灯火之繁。
推开门，入阳台，凛冽——
借冷风的形体，瑟缩一座草庐。
凭栏不似幽篁里，却更偏爱
冬日之寒；月满，登高楼可得深涧。
望，玉宫流转，触清辉如闻清调
须臾，雾霾绕满手指，顿生一心幽兰。
独坐岁时深谷，室内正奏管平湖

倾泻桥上，灯火飞溅：不可匡复的遗谱。
乱曰：心跳如柑橘，也如枫树淆乱
品园在午夜断弦。观星，祈雪，入梦。

观琴

The Low sound continuing
after his hand left the strings
And the sound went up like the smoke, under the
leaves.
— The Cantos of Ezru Pound

独坐高楼六层，霾更浓，
夜晚，三杯桥不胜灯火之繁。

推开门，入阳台，凛冽——
借冷风的形体，瑟缩一座草庐。

凭栏不似幽篁里，却更偏爱
冬日之寒；月满，登高楼可得深涧。

望，玉宇流转，触清辉如闻清调
须臾，雾霾绕满手指，顿生心幽兰。

独守岁时深冬，室内正奏背手胡
倾落杯上，灯火飞溅：不可匡复的遗谱。

让回：心跳如柑橘，也如枫树清让
品园在午夜断弦。观星，祈雪，入梦。

（赠子尧、石玲）

2016-12-8（大雪）于北京，人民大学

2020-7-18 抄于南京，鼓楼

李海鹏

诗人档案

洪光越（1993~　），生于海南澄迈。参加《诗刊》社第三十四届“青春诗会”。获2016澄迈诗探索奖青年诗人奖。出版诗集《草莓草莓》。

暴　雨

洪光越

天刚亮　暴雨就如注
我们看着这场雨
下在海平面　下在荒草地
它们急促下降　就像它们
急停一样　非我们能控制

我们在清晨看雨
看见雨的上空　一团黑云
正在稀释　一种声音
穿过玻璃窗　被我们听见
夏日的雨不能伤感人心

它们只是下降的过程
从黑云下到大地　黑暗中
我们无法看见的地方

暴雨

天刚亮 暴雨就如注
我们看着这场雨
下在城市里 下在荒草地
它们急促下降 就像它们
和信一样 非我们能控制

我们在清晨看雨
看见雨的足迹 一团黑云
飞旋 翻转 一种声音
穿过玻璃窗 把我们叫醒
夏日的雨 不能伤害人心

它们只是下降的过程
从黑云下到 大地黑暗中
我们无法看见的地方

洪光越

诗人档案

夏午（1980~　），女，生于安徽庐江，现居上海。参加了《诗刊》社第三十四届"青春诗会"。出版诗集《花香滂沱》。曾获上海市民诗歌节新锐诗人奖、安徽省新锐诗人奖、《人民文学》诗歌年度新锐奖等奖项。

是悲伤的人……

夏　午

是悲伤的人凌晨醒来，对
水中的明月失去等待的热情

是饮下太多冰水的心，对大时代的齿轮
生出无法自拔的，深深的凉意

是你没有说出的，那阴影
遮蔽了白昼，那光亮

是脆弱的牙齿，啃啮着骨骼里的黄金
是不能推倒重来的一生啊，一直病着

却从未能治愈。是这一刻
悲伤的人醒得太早，你穿错了鞋子坐在路边等待

而那将要到来的
"不是爱"，是水中的明月

是悲伤的人……

是悲伤的人凌晨醒来。对
水中的明月失去等待的热情

是饮下太多冰水的心，对大时代的齿轮
生出无法自拔的，深深的凉意

是你没有说出的，那阴影
虚掷了白昼，那光亮

是脆弱的牙齿，啃噬着骨骼里的黄金
是不能推倒重来的一生，除了患病就是治病

却从未痊愈。是这一刻
悲伤的人醒得太早，你穿错了鞋子坐在路边

而那将要到来的
“不是爱”，是水中的明月

夏午诗抄
2020 07 18

诗人档案

盛兴（1978~ ），本名张胜兴。山东莱芜人。中学时代开始写诗。参加了《诗刊》社第三十四届“青春诗会”。诗歌和小说作品见各文学杂志和选本。出版诗集《安眠药》《我还没有》。获得极光文艺年度诗人奖、磨铁读诗会2018年度诗人大奖等奖项。

春天的风

盛　兴

河北的草绿了
河南的草还枯黄着

是因为春天的风
吹到了河北
还没有吹到河南

现在春天的风正穿过河面
朝河南吹去
因此，河南的草
马上就要绿了

春天的风

盛兰

河北的草绿了
河南的草还枯黄着
只因为春天的风吹到了河北
还没有吹到河南
跟着春天的风正穿过河南
朝河南吹去
因此，河南的草
马上就要绿了

盛兰的诗《春天的风》抄于2020年7月20日

康雪（1990~　），常用笔名夕染，女，湖南新化人，现居益阳。有作品发表于《人民文学》《十月》《诗刊》《花城》等刊物。曾参加《诗刊》社第三十四届“青春诗会”。出版诗集《回到一朵苹果花上》。

深处的爱都是很苦的

康　雪

一只蜜蜂告诉我它最喜欢的花
就要开了
这一生何其美好

我美丽而纤弱的邻居，在白昼采蜜
我美丽而纤弱的婴儿
正在用第一颗洁白的乳牙
在黑夜采蜜

月光从她的边缘分走一点甜
我却想从她的深渊，分走所有的苦

深处的爱都是苦的
一只蜜蜂告诉我它最喜欢的花 就要开了
这一生何其美好
我美丽而纤弱的邻居，在白昼采蜜 我美丽而纤弱的婴儿
正在用第一颗洁白的乳牙在黑夜采蜜
月光从她的边缘分走一点甜
我却想从她的深渊，分走所有的苦、

二零二零年六月二十三日 吴凡代表康宝华写

诗人档案

缎轻轻（1983~　），女，原名王风。生于皖南，定居上海。中国作家协会会员。曾参加《诗刊》社第三十四届“青春诗会”。自幼喜爱写诗，14岁始于《儿童文学》发表散文诗歌作品。目前诗歌、散文作品散见《诗刊》《十月》《星星》《扬子江诗刊》《作品》《草堂》《青春》《诗歌月刊》等刊物。著文集《一人分饰两角》，诗集《心如猎犬》。

在生命的镜像中

缎轻轻

我有许多喜悦的日子在生命的镜像中
镜花啊水月，我是那只捞圆月的猴子

月亮有时并不完整
湖面的平静不容我手指触碰

在生命的镜像中

我有许多喜悦的日子在生命的镜像中

镜花啊水月，我是那只捞圆月的猴子.

月亮有时并不完整

湖面的平静不容我手指触碰

2019.5.14.

诗人档案

雷晓宇（1984~　），生于湖南邵阳。曾参加《诗刊》社第三十四届“青春诗会”。作品散见于《诗刊》《人民文学》《解放军文艺》《解放军报》《星星》《草堂》等报刊。入选多种年度诗歌选本。出版诗歌集《雪山入梦》。

终南山

雷晓宇

终南山上，松树避位
荒草削发为僧
溪流中隐居着紫薇与长庚
钟声响起，猛虎吃斋
松鼠入定，坐禅的老僧，
如一道虚掩的柴门

风吹群山，暮色中
薄雾盈门，万里河山
被收入油灯的那一刻
一颗星辰，正在山下打探前生

終南山

雷曉宇

終南山上 松樹避位
荒草剃發為僧
溪流中隱居着紫薇和長庚
鐘聲响起 猛虎吃齋
松鼠入定 坐禪的老僧
如一道 虛掩的柴門
風吹群山暮色中
薄霧盈門 萬里河山
被收入油燈的那一刻
一顆星辰 正在山下
打探前生

雷曉宇二〇二〇年春書于湖南邵陽

诗人档案

熊曼（1986~　），女，湖北蕲春人，现居武汉。有诗歌发表于《诗刊》《人民文学》《长江文艺》《扬子江诗刊》《星星》《草堂》等刊物。2018年参加《诗刊》社第三十四届“青春诗会”。曾获首届“诗同仁”年度诗人奖、第四届中国青年诗人奖。出版有诗集《少女和理发师》。

如　果

熊　曼

如果你有过这样一位小学老师
他瘦削，温和。穿着整洁的旧衣裳

曾用矜持的手，抚过你的额头
令你止住哭泣。教你写字，读诗

在午后拉起二胡，琴声溅落在池塘的水面上
在多年后的今天，依然击中了你

如果你抬头，看到太阳又新鲜又陈旧
照耀着堂前草，年幼的心滋生了莫名的忧伤

如果你忘了他的名字，但不能阻止他的影子
在眼前摇晃，像路旁的树枝

如果……请立即动身，去寻找他吧
即使他已离开人世

如果（熊曼）

如果你有过这样一位小学老师
他瘦削，温和。穿着整洁的旧衣裳

曾用薄茧的手，抚过你的额头
令你止住哭泣。教你写字，读诗

在午后拉起二胡，琴声溅落在池塘的水面上
在多年后的今天，依然击中了你

如果你抬头，看到太阳又新鲜又陈旧
照耀着屋前草，年幼的心滋生了莫名的忧伤

如果你忘了他的名字，但不能阻止他的影子
在眼前摇晃，像路旁的树枝

如果…… 请立即动身，去寻找他吧
即使他已离开人世

（原刊于《诗刊》2018年12月号上半月刊“青春诗会”专号）

青春回望

未有止境的诗意探寻

——《诗刊》社第三十四届“青春诗会”侧记

黄尚恩

一

每年举办一届的“青春诗会”是《诗刊》社培养青年诗人的重要举措。第三十四届“青春诗会”自2018年4月开始征稿，得到了广大青年诗人的积极响应，共收到参评稿件937份。经初选、终评，最终确定丫丫、江一苇、吕达、刘汀、陈巨飞、余真、李海鹏、欧阳学谦、洪光越、夏午、盛兴、康雪、缎轻轻、雷晓宇、熊曼15位青年诗人参会。

2018年9月26日至29日，第三十四届“青春诗会”在安徽蚌埠举行。本届诗会由《诗刊》社、中共蚌埠市委宣传部、龙之旅旅游文化股份有限公司联合主办，蚌埠市文联承办，安徽湖上升明月旅游发展有限公司协办。中国作协副主席吉狄马加，中共安徽省委宣传部副部长洪永平，《诗刊》社副主编李少君，安徽文联副主席王艳，中共蚌埠市委常委、宣传部部长谢兵，龙之旅旅游文化股份有限公司董事长代雨东等出席诗会。

吉狄马加在诗会开幕讲话中说，“青春诗会”的举办为青年诗人们提供了深入学习和交流的宝贵机会。希望青年诗人们深入学习贯彻习近平新时代中国特色社会主义思想，特别是习近平总书记关于文艺的重要论述，坚持以人民为中心的创作导向，深入生活、扎根人民，以诗歌见证伟大时代、书写人民崭新生活。能够参加"青春诗会"，说明这些年轻人在创作上已经获得了一些成绩，现在要进一步思考如何将个人的诗歌创作与时代、社会更加紧密地结合起来，提高对现实生活的认识深度、高度，创作出更多真正反映时代内在气质的优秀诗篇。

与往年一样，《诗刊》社为每一位参会诗人出版一本诗集，推出"第三十四届'青春诗会'诗丛"，由中国青年出版社出版。每一本诗集都精选了参会青年诗人自开始创作以来的优秀作品，展现了这一代青年诗人丰富多彩的创作风貌。对多位与会诗人来说，这是他们第一次出版个人诗集。这套丛书在诗会期间首发，并赠送给蚌埠市文联、市作协等单位。诗会期间，青年诗人们都提交了自己创作的作品，并分成五组进行改稿、讨论，主办方分别邀请张执浩、陈先发、胡弦、杨庆祥、西娃担任各组的辅导老师。大家还到蚌埠博物馆了解当地的丰富历史文化，到蚌埠的一些乡镇探寻新农村建设的成果，汲取诗歌创作的营养。

二

余真是这批参会诗人中年龄最小的了。我们一般很难在女诗人的自我介绍中看到出生年份，但在余真诗集《小叶榕》中，清清楚楚地写着"生于1998年"。在诗会交流中，她说："我一直在散漫地写着，不知道具体要追求什么，反正还年轻，要多尝试。"余真曾写过一首诗叫《村庄的时间简史》，以极其轻盈的语词来处理乡村衰败所带来的哀伤。这说明，年轻一代的诗人不回避现实的问题，然而也并不会轻易被这些问题所负累，终究还是要不断地向前看、往前走。

李海鹏正在中国人民大学读博士，对古希腊文化、但丁等古代诗人的作品感兴趣，因为其中体现了健康的主体性，有一种秩序感。他认为："现代性带来的破碎，让主体变得消极、颓废。我们应该倡导积

诗会期间，夏午（左）与缎轻轻合影

极的主体性建构，在诗歌创作中既不要简单地批判，也不要简单地歌颂。”李海鹏的很多诗作带有一小行引言，喜欢标“一”“二”“三”等序号来分段，有时候还讲究每行字数大致相同。这的确为作品带来了知识性和结构感，但总感觉缺少灵动、飞跃的东西。所以，他有时候会故意打破诸多的束缚，用书信体让诗作变得散漫一些。

对“秩序”一词有感触的青年诗人还有夏午和江一苇。夏午说：“工作让我变成一个理性的人，生活充满了秩序感，在诗歌写作中反而希望有一种‘乱’的感觉。一首诗，在结构上起承转合得非常好、非常完整，但读起来可能会缺少独特味道。相反，在旅途、动荡的环境中，反而相对容易写出质量好一些的诗作。”江一苇说:“作为一个医生，平时吃饭、休息都没有固定的时间。通过写作，可以整理内心的秩序。写诗写了这么多年，也不知道走到哪里了，但总的感触就是，写诗就要好好说话。”

有时候，写诗对于诗人来说是一种宿命。缎轻轻说：“我对诗歌抱有一种很复杂的心态。小时候就开始写诗，但又一直不想成为一个落魄诗人，读了一个跟文学完全没有关系的专业，刻意地远离诗歌。2004 年，诗歌论坛时代到来，又不自觉地开始写诗。再后来，进入繁忙的工作，中断了诗歌写作，这两年又回来了。现在进入一种写作的焦虑之中，因为没有把沉淀下来的东西表达好，太个人了，想要写一些带有社会烙印的东西。”

对于青年诗人们来说，诗歌写作上有诸多的“焦虑”，也有多样的温暖和期盼。陈巨飞认为：“写诗，如果不能不断地往前推进，会有写作上的挫败感。随着年纪的增加，生活、工作的压力也越来越大，疲于奔命，如何平衡好工作和写作，也变成了一个极其困难的问题。”吕达说：“自己的写作到了一个分水岭。之前走过的路，可能到此为止了。参加‘青春诗会’，正好是一次总结过往、重新出发的机会。”刘汀谈到，“作为一个编辑，有时候我会想，我的诗歌放到别的编辑面前，他会怎么考虑。在以后的创作中，尽量追求独立的美学个性，在与时代结合上寻找突破。”

对于诗歌的未来，青年诗人们并不悲观。雷晓宇说：“在这个时代，诗歌无异于一座无人问津的空门，但还是有那么多遁入空门的人，以十年如一日的坚守，用文字开辟人类精神的净土，从这个意义上来说，诗人才是这个时代的天地之心和生民之命。尽管我们很难从诗歌这一池清水中捕获大鱼，但它能照见万物的空性和自我的本心，让我们在这尘世清晰地辨认自己。”盛兴同样谈到，“我们要对诗歌有信心。我们可能无法完整地去表达外部的纷繁世界，但可以往内心深处去开掘，书写现实生活在我们内心中留下的投影，解决我们内心的困境。”丫丫、康雪、熊曼、洪光越等青年诗人也在交流中表达了自己对诗歌创作的感谢。他们认为，诗友的鼓励增强了创作的热情，但终究还是要靠自己多阅读、多积累阅历，写出更好作品。

三

面对青年诗人们的作品，以及他们在交流中所提出的问题，《诗刊》的编辑以及邀请的辅导老师也在交流中分享了对诗歌创作的看法。

李少君说，诗歌创作有时候确实只是一个人偶然灵感的简单记录，但更多的时候，它承担着伟大的时代使命。很多事物都易朽，但好的文字却能够永恒流传。青年诗人要增强身上的责任感和使命感，用美好的诗句对这个时代的新事物进行诗意的命名，让个人的诗歌与时代、社会、现实紧密地结合起来。

张执浩谈到，写作最终是要写出自己。在写作中要思考，如何发出自己独特的声音，要有自己清晰的语速、音调、音色。最终，我们都必须找到内在的驱动力，在写作中重建一个完整的诗人形象。这不仅仅是写什么的问题，还包含怎么写的问题。表达思想并不是诗歌的强项，包含情感的语气反而可能才是现代诗歌更核心的东西。

胡弦认为，诗人一方面要广泛阅读，汲取多方面的诗学观点，但另一方面要有自己的坚持。诗歌写作是一个诗人自然成长的过程，成长是自明的。西娃也认为，诗人就是要勇敢地发出自己的声音，不必受到各种因素的打扰。可能在这个过程中面临挣扎，但这也是成长的必要环节。

陈先发说，在信息泛滥芜杂的年代，我们不能做被手机征服的“空心人”，要更加关注内心，注意力更加集中。写作和其他艺术一样，都是自我探索，也是自我教诲。诗人要忠于自己的内心，甘于被边缘化。

杨庆祥谈到，在诗歌创作中，要正确地处理好个人性和历史性之间的辩证关系。如果写出了真正深刻的个人性，在其中必然包含着历史性的内容；同样地，如果要写出真正触动人心的历史性，其中必然要融入个人深切的生命体验。

本届诗会时间相对较短，但这种深入的诗学交流、针对稿件的逐句修改和探讨，必将促进青年诗人们认识到自己在诗歌创作中的优点和不足。好在，还有青春，路还长，对诗歌的探寻从未有止境。

青春诗会

第三十五届

2019

第三十五届（2019年）

时间：

2019年8月31日～9月3日

地点：

江西上饶横峰

指导老师：

李少君、汤养宗、陈先发、胡　弦、杨庆祥、刘笑伟、傅　菲等

参会学员（15人）：

飞　白、年微漾、王子瓜、吴素贞、马泽平、贾浅浅、徐　晓、敬丹樱、黍不语、孔令剑、童作焉、纳　兰、林　珊、周卫民、漆宇勤

第三十五届“青春诗会”全体学员合影。前坐者左为童作焉，右为马泽平；后排左起孔令剑、飞白、纳兰、敬丹樱、林珊、吴素贞、王子瓜、漆宇勤、年微漾、徐晓、周卫民、贾浅浅、黍不语

诗人档案

飞白（1979~　），本名胡飞白，浙江慈溪人。曾参加《诗刊》社第三十五届“青春诗会”。获首届浙江省诗歌双年奖提名、宁波文学奖作品奖等奖项。已出版有个人诗集《失语集》《无物之阵》《活着若无不妥》三部。诗歌作品散见于国内多种文学刊物，并入选多部诗歌年选选本。

黑夜旅途

飞　白

比列车更先投入远方的总会有另一个目的地
比暮色更先踏上羁旅的是你我皆无所归依

它载着与生俱来的陌生和瓜熟蒂落
以及一条银色武昌鱼泅渡的困顿
驶向身体拥塞最深处。而我时刻蛰伏
群星那样不时闪烁泪光

黑夜旅途

比列車更先抵達遠方的旅舍 會有另一個目的地 比着色更先澆上羈旅的是你我皆無所歸 你它載着與生俱來的陌生和瓜熟蒂落以及一條銀色武昌魚泅渡的困頓 馱向身體擁塞最深處 而我時刻蟄伏 群星那樣不時閃爍微光

庚子冬月於甬上 胡晨白

诗人档案

年微漾（1988~　），福建仙游人。曾参加《诗刊》社第三十五届“青春诗会”，鲁迅文学院第三十四届高研班。著有诗集三部。

雪夜寻沧州铁狮子

年微漾

大地无所事事，除了下雪
宽广的省道边，仅剩一家烧烤店
那里供应毛豆与啤酒
还有大蒜、鸡翅和香菜，米饭生硬
女店主声音好听。听说从此地
去看铁狮子，尚有十里来回
沿途路过发电厂，但空无一人
旧州镇的孤独，在高压线上哔哔作响
继续往前走，还是无人可邂逅
铁狮子，就站在它的轮廓里
铁锈几乎搬空了它的身体
我已经快忘记，自己为何坚持
要找它，只记住了每个脚步的提醒
我是在抬头间，突然意识到

我们互为真身与倒影。那天夜里
天地之间只有一人，与一狮
至少半吨的雪，落在了我的身上
但在今天回想起来就好像
北方星火四溅

雪夜寻沧州铁狮子

臧棣

大地无所事事，除了下雪
宽广的省道边，仅剩一家烧烤店
那里供应毛豆和啤酒
还有大蒜、鸡翅和香菜，米饭生硬
女店主声音好听。听说从此地
去看铁狮子，尚有十里来回
沿途路过发电厂，但空无一人
旧城镇的孤独，在高压线上嗤嗤作响
继续往前走，还是无人可邂逅
铁狮子，就站在它的躯壳里
铁锈几乎掏空了它的身体
我已经快忘记，自己如何坚持
要找它，只记住了每个脚步的摇晃

我是在抬头间，突然意识到
我们互为真身和信使。那天夜里
天地之间只有一人，与一狮
至少半吨的雪，落在了我们身上
但在今天回想起来就也如像
北方星火四溅

诗人档案

王子瓜（1994～　），生于江苏徐州。曾获光华诗歌奖、重唱诗歌奖、樱花诗歌奖、邯郸诗歌奖等奖项。诗作、译作、评论散见于《诗刊》《星星》《诗林》《上海文学》《上海文化》《复旦诗选》等刊物、合集。与诗人肖水、徐萧合编诗集《复旦诗选2016》。辑有个人诗集《局内人》《往事的发条》《裁心机》。

听的判断

王子瓜

为什么你的身上有一个缺口？
孔雀图案的碎玻璃，
啤酒的味道早已洗去了，
戴在纤长的栈桥上。

沙滩这样握住你，
习习谷风，含着金子。
为什么你的唇不像是在说，
而是空荡的海螺

被一个精神衔着，在吹奏？
我感到除了你的蓝色这里什么也没有——
没有和弦，因为浪花
无法像往日在野地里

那样涨，没有海鸥在天空
变幻，复杂它的谱子。
今晚海滨只有一个声音，
像是个 si 但又不是。

正是这单调让我爱你。
你有一个缺口，你没有两个三个缺口，
你也不是一个缺口都没有。
因为是一个缺口，你才如此完美。

听的判断

王子瓜

为什么你的身上有一个缺口？
孔雀图案的磨玻璃，
啤酒的味道早已说去了，
戴在纤长的栈桥上。

沙滩这样握住你，
习习谷风，含着金子。
为什么你的唇不像是在说，
而是空荡的海螺

被一个精神衔着，在吹奏？
我想到除了你的蓝色这里什么也没有——
没有和弦，因为浪花
无法像往日在野地里

那样啾，没有海鸥在天空
变幻，复杂它的谱子。
今晚海滨只有一个声音，
像是个si但又不是。

正是这单调让我爱你。
你有一个缺口，你没有两个三个缺口，
你也不是一个缺口都没有。
因为是一个缺口，你才如此完美。

诗人档案

吴素贞（1981～　），女，江西金溪人。中国作家协会会员。组诗见《诗刊》《十月》《草堂》《扬子江诗刊》《星星诗刊》《山花》《中国诗歌》等刊。参加《诗刊》社第三十五届青春诗会，获江西省2019年度诗人奖、获2019年《诗刊》社和泸州老窖举办的“第三届国际诗酒文化大会诗歌大赛征文社会组银奖”等全国诗歌大赛奖奖项，入选各类年度诗歌选本。著有个人诗集《未完的旅途》《见蝴蝶》《养一只虎》，英译集《吴素贞的诗》。

雨　夜

吴素贞

橱窗玻璃再一次阻隔了他
只有影子挤了进去。踮起的脚跟
带来比天幕更深的黑
街道暗沉如甬道
仿佛光，正一点点遗弃
路边，木樨一次次摁住自己
落叶有着想要的怜悯
依着废电动车
他端坐在水里，冷风掀动钢圈
砰砰作响

“他是唯一一个能拥铁取暖的人”
我低下眼睛，车窗蒙起水汽
闪电一次次探询，裂状的手

抚着所有相似的际遇
四处流浪，他不知道
另一种更坏的天气叫生活，漆黑的身体
经常生出铁一样的暗物质
我们抱紧。像这样的雨夜不取暖
肉身维持着铁的温度

《雨夜》

吴素贞

橱窗玻璃再一次阻隔了他
只有影子挤了进去。踮起的脚跟
带来比天幕更深的黑
街道暗沉如甬道
仿佛光，正一点点遗弃
路边，树影一次次摁住自己
落叶有着想要怜悯
跟着废电动车
他端坐在水里，冷风掀动钢圈
碎碎作响

“他是唯一一个能拥铁取暖的人”
我低下眼睛，车窗蒙起水汽
闪电一次次探询，裂状的手
抚着所有相似的际遇

四处流浪，他不知道
另一种更好的天气叫未来。漆黑的身体
经常生出铁一样的物质
我们抱紧。像这样的雨夜不取暖
内部保持着铁的温度。

2018. 5

诗人档案

马泽平（1985~　），回族，生于宁夏同心。中国作家协会会员。鲁迅文学院第三十一届少数民族作家高研班（诗歌班）学员。有作品散见于《诗刊》《星星》《诗歌月刊》《民族文学》《作家文摘》《诗潮》《汉诗》等报刊以及年度选本。参加了《诗刊》社第三十五届“青春诗会”。著有诗集《欢歌》。

观　歌

马泽平

我们终于就要会面
时隔多年
我们已变得不再年轻
寡言，谨慎
不再谈论应该信奉怎样的神
阳光多么明媚
我们握手
不再抱怨彼此有过的坏脾气
多么亲切
需要告知对方的
都以眼神
和嘴角的笑意代替
我们点你爱吃的
甜品与果汁

要服务生准备素洁的床单
还有双份的洗漱用具
我们没有时间悲伤或者哭泣
——仿佛世间只此一日

欢歌

我们终于就要见面
时隔多年
我们已变得不再年轻
寡言，谨慎
不再谈论应该信奉怎样的神
阳光多么明媚
我们握手
不再抱怨彼此有过的坏脾气
多么亲切
需要告知对方的，
都以眼神
和嘴角的笑意代替
我们点，你爱吃的
甜品与果汁

要服务生准备素洁的床单
还有双份的洗漱用具
我们没有时间悲伤或者哭泣
——仿佛世间只此一日

马泽平 手抄于2020年元月

诗人档案

贾浅浅（1979~　），女，陕西丹凤人。参加了《诗刊》社第三十五届“青春诗会”。作品散见于《诗刊》《作家》《十月》《钟山》《星星》《山花》等，出版诗集《第一百个夜晚》《行走的海》《椰子里的内陆湖》。荣获第二届陕西青年文学奖等奖项。入选 2019 名人堂年度十大诗人。

J 先生求缺记

贾浅浅

《废都》里的雪一直飘到了戊子年
飘到了 J 先生的书桌上
白茫茫一片。J 先生沉默许久
伸出手指在上面画字
龙安，未安

桃曲坡水库是一尊地母，她捏出了
庄之蝶。捏出了黑色的坝
捏出了稠密人群无边的巨浪
J 先生兴致勃勃探头往里张望，一个浪打来
他费劲全力，攀着 15 年的光阴
爬上了岸。手指上多了一颗陨石做的戒指

自此 J 先生加倍消遣沉默，他画

孤独之夜，画曹雪芹像
画守护他灵魂的候。看一场接一场的足球
在他的稿纸东南西北，重新栽满
六棵树

永松路的书房依然热闹
J 先生把自己变成沈从文，每日带午饭
看书、写作。老家的乡党依然把泼烦日子
稠糊汤一般，端到他眼前
和朋友打牌消遣还会为谁赢谁输，抓破手
写腻了“上善若水”，换一副“海风山谷”
自己依旧与众人递烟、倒茶

戊子年救了 J 先生。他心里明白
风再大，总有定的时候
《秦腔》换成了大红封面，带盖头的新娘一般
出现在醒目的正堂
有人替 J 先生拍手叫好，他那有年头的脸上
看不出表情。待众人讪讪要走
他慢吞吞吐出一句话来
站在瀑布下，永远用碗接不了水

丁先生求缺记

贾浅浅

《废都》里的雪一直飘到了戊子年
飘到了丁先生的书桌上
白茫茫一片。丁先生沉默许久
伸出手指在上面画字
龙安，未安

桃曲坡水库是一尊地母，她捏出了
庄之蝶，捏出了黑色的坟
捏出了稠密人群无边的巨浪
丁先生兴致勃勃探头往里张望，一个浪打来
他费劲全力，攀着15年的光阴
爬上了岸。手指上多了一颗陨石做的戒指

自此丁先生加倍消遣沉默，他画
孤独之夜，画曹雪芹像
画守护他灵魂的候。看一场接一场的足球
在他的稿纸东南西北，重新栽满
六棵树

永松路的书房依然热闹
丁先生把自己变成沈从文，每日带午饭
看书，写作，老家的乡党依然把做烦日子
稠糊汤一般，端到他面前。
和朋友打牌消遣还会为谁赢谁输，抓破手
写腻了"上善若水"，换一幅"海风山谷"
自己依旧与众递烟，倒茶

戊子年救了丁先生。他心里明白
风再大，总有定的时候。
《秦腔》换成了大红封面，带盖头的新娘一般
出现在醒目的正堂。
有人替丁先生拍手叫好，他那有年头的脸上
看不出表情。待众人讪讪要走
他慢吞吞吐出一句话来：
站在瀑布下，永远用碗接不了水。

2019. 2. 18

诗人档案

徐晓（1992~　），女，山东高密人。山东省作协签约作家。著有长篇小说《爱上你几乎就幸福了》，诗集《幽居志》等。参加了《诗刊》社第三十五届“青春诗会”。曾获第二届《人民文学》诗歌奖、第十六届华文青年诗人奖等奖项。

像卡西莫多一样活着

徐　晓

一场无法选择的降生，我自打从娘胎里
就把未曾谋面的美，给了你
把正常的面容，基本的思想，完整的肉身
全部给了你

把父母给了你，成了孤儿
把自由给了你，成了傀儡
此刻，我活着，气喘吁吁
准备一点一点、一厘一厘地
把所剩无几的光阴、良善和爱，也给你

为配合教堂顶楼的大钟按时响起
我把听力和声音给你
留下一个什么也说不出的干渴喉咙

为呼应大军攻城城欲摧的狂风暴雨
我把蹒跚的脚步、佝偻的驼背也给你

把人群眼中没有的光亮
心脏缺失的跳动、血液里流走的血红
都给你
给你给你给你——

最后只留下一点力气，足够我爬得动
几米的路程
当我抱紧爱斯梅拉达，抱紧雷霆
我这把丑陋的老骨头，也一并
给你——

像卡西莫多一样活着

徐晓

一场无法选择的降生，我自打从娘胎里
就把未曾谋面的美，给了你
把正常的面容，基本的思想，完整的肉身
全部给了你

把父母给了你，成了孤儿
把自由给了你，成了傀儡
此刻，我活着，气喘吁吁
准备一点一点、一厘一厘地
把所剩无几的光阴、良善和爱，也给你

为了配合教堂顶楼的大钟按时响起
我把听力和声音给你
留下一个什么也说不出的干渴喉咙
为呼应大军攻城欲摧的狂风暴雨
我把蹒跚的脚步、佝偻的驼背也给你

把人群眼中没有的光亮
心脏缺失的跳动、血液里流走的血红
都给你
给你 给你 给你 ——

最后只剩下一点力气，足够我爬得动
几米的路程
当我抱紧爱斯梅拉达，抱紧雷霆
我这把丑陋的老骨头，也一并
给你 ——

诗人档案

敬丹樱（1979～　），女，四川人。参加了《诗刊》社第三十五届“青春诗会”，《人民文学》第三届“新浪潮”诗会。获第十七届华文青年诗人奖等奖项。出版诗集《槐树开始下雪》。

白桦林

敬丹樱

天空纤尘不染，就像鸽子
从未飞过。雪铺在大地，只有旷世奇冤
才配得上
这么辽阔的状纸

树叶唰啦啦响，墓碑般的树干上
两个年轻的名字已不再发光。从来都是鸽子飞鸽子的
雪下雪的

白桦林

敬丹樱

天空纤尘不染，就像鸽子
从未飞过。雪铺在大地，只有旷世奇冤
才配得上
这么辽阔的状纸

树叶哗啦啦响，墓碑般的树干上
两个年轻的名字已不再发光。从来都是鸽子飞鸽子的
雪下雪的

黍不语（1981～　），女，生于湖北潜江。著有诗集《少年游》《从麦地里长出来》。参加了《诗刊》社第三十五届“青春诗会”。曾获《诗刊》社陈子昂诗歌奖青年诗人奖、《扬子江诗刊》青年诗人奖、屈原文艺奖、长江丛刊文学奖等奖项。

少年游

黍不语

十三岁时我在田埂上第一次
停下来
那么认真地抬头，看
像受着某种神秘指引
我指给嘻嘻哈哈的同伴们看
干净的，高远却又仿佛伸手可触的天空
天空中正变幻的白云
第一次感觉到，我们身处的茫茫世界
第一次，我们站在泥土上，没有想晚餐，作业，农活，巴兮兮的土狗
甚至屋后角落的墙洞里，我们偷藏的一两颗糖
我们都拼命地伸手
拼命地指，那些四面八方的白云
我们说那片云是我。那片云是我。那片云是我……
突然之间

我们相互紧紧地拥抱，继而流下泪来
我们感到从未有过的热烈的荒凉
在十三岁的田野
第一次
看到了我们将要为之度过的一生。

少年游

十三岁时我在田埂上第一次
停下来
那么认真地抬头，看
像受着某种神秘指引
我指给嘻嘻哈哈的同伴们看
干净的，高远却又仿佛伸手可触的天空
天空中正变幻的白云
第一次感觉到，我们身处的茫茫世界
第一次，我们站在泥土上，没有想晚餐，作业，农活，巴兮兮的土狗
甚至屋子角落里的墙洞，我们偷藏的一两颗糖
我们都拼命地伸手
拼命地猜，那些四面八方的白云
我们说那片云是我，那片云是我。那片云是我……

突然之间
我们相互紧紧地拥抱，继而流下泪来
我们感到从未有过的热烈的荒凉
在十三岁的田野
第一次
看到了我们将要为之度过的一生。

秦不语　写于2017年。
抄于2020年6月。

诗人档案

孔令剑（1980~　），生于山西绛县。中国作家协会会员。诗歌作品发表于《诗刊》《星星》《草堂》《汉诗》《诗歌月刊》等。多次入选《中国新诗年鉴》《中国跨年诗选》《中国新诗排行榜》《中国新诗日历》等各类选刊选本。出版个人诗集《阿基米德之点》《不可测量的闪电》。主编大型诗歌丛书“北岳诗库”等。参加了《诗刊》社第三十五届“青春诗会”。获赵树理文学奖、《都市》桂冠诗人奖等奖项。

世界情感

孔令剑

我爱这路旁不知名的野草，我爱
它枯而又生的新绿，我爱它同时
拥有一个冬季的允诺，一个春天的默许
我爱它叶枝间的即将，一颗晨露
——人间之水，大地的球形。我爱
它所护送的道路，这道路所不能到达的
无人之境，我注定在那里消失于无我
在群草的迎接，乱石的明证，在空谷
之风，弱溪之流——我们都是时间之身
在太阳之光的澄明。我更爱这人世
——道路连接的每一座城市和村庄，我爱
它们的喧嚣，烟火之声，建筑之语
这路上走过的每一个人，我爱
我们在我们所在——境遇之所，行动之梦

每一条道路都怀有世界的一种模型
我爱这无畏之爱，她赐我一片天空：
白昼，赋我如流云；夜晚，嘱我似星辰

世界情感

孔令剑

我爱这路旁不知名的野草，我爱
它枯而又生的新绿，我爱它同时
拥有一个冬季的允诺，一个春天的默许
我爱它枝叶间的即将，一颗晨露
——人间之水，大地的球形。我爱
它所护送的道路，这道路所不能到达的
无人之境，我注定在那里消失于无我
在群草的迎接，乱石的明证，在空谷
之风，弱溪之流——我们都是时间之身
在太阳之光的澄明。我更爱这人世
——道路连接的每一座城市和村庄，我爱
它们的喧嚣，烟火之声，建筑之语
这路上走过的每一个人，我爱

我们在我们所在——境遇之所，行动之梦
每一条道路都怀有世界的一种模型
我爱这无垠之晨，她赐我一片天空：
白昼，赋我如流云；夜晚，嘱我似星辰

二〇二〇年七月于并州

诗人档案

童作焉（1995~ ），本名李金城，云南昆明人。参加《诗刊》社第三十五届“青春诗会”。曾获全球华语年度大学生诗人、第五届光华诗歌奖、第三十三届全国大学生樱花诗歌邀请赛一等奖、中华大学生研究生诗词大赛冠军、全球华语短诗大赛一等奖等奖项。作品见于《诗刊》《星星》《中国诗歌》《大家》《萌芽》等刊物。

走马灯

童作焉

一朵干枯的花，长在旧的日记里。某一页，
鱼从天空偷运云朵，你成为湖心的倒影。
那时你大概十七岁，也可能不是。
你发梢的雨带甜，折射出醉态的微光。
在返航的邮筒里，我开始预设一段爱情：
蝴蝶涌向悬崖，雾岚缩回山谷，而你停在我指尖。
你是我风景的盗贼，早于创世的神话。
月光打磨的两座孤岛，沉在你的眼角。
隔着失重的手心汗，街边的苹果象征了一场遇见，
在落日之前一起远去，在醒前写微醺的情书。
你掌灯。为我单薄的天色，为遥远的问候。
但是否深情熬不过黄昏，而思念生怕恰逢雨意？
这阵雨来自你体内的潮汐？你带来温情的物候，
尾随季节的凉，如何饮秋后的桃花茶？

从年久的明信片，从荧幕上的电影，
从无数时间交织的网，我捕捉每一个毫不相干的你。
你渐渐长成雾。在镜子里，我看到那个爱你的人，
比想象中的我，更加真实。

《走马灯》

一朵干枯的花.长在旧的日记里。某一页.

鱼从天空偷运云朵.你成为湖心的倒影。

在返航的邮筒里.我开始预设一段爱情:

蝴蝶涌向悬崖.寒风缩回山谷.而你停在我指尖

你是我风景的画贼，早于创世的神话。

月光打磨的两座孤岛.沉在你的眼角。

隔着失重的手心汗，街边的苹果象征一场遇见.

在落日之前一起远去.在醒前写微醺的情书.

你拿灯.为我单薄的天色，为遥远的问候

但是告诉情熬不过黄昏.而思念生怕恰逢雨意.

这阵雨来自你体内的潮汐？你带来温情扰侯

尾随季节的凉.如何可以秋后的桃花茶？

从年久的明信片，从荧幕上的电影，
从无数交织的时间，我捕捉每一个毫不相干的字
你渐渐长成象，在镜子里，我看到那个倭的人
比想象中的我，更加真实。

庚子年夏童作写于杭州

诗人档案

纳兰（1985～　），原名周金平，生于河南开封。中国作家协会会员。参加了《诗刊》社第三十五届“青春诗会”。近十年，在《文艺报》《诗刊》《星星》《青年文学》等刊物发表诗与诗歌评论若干。曾获天津诗歌节三等奖、“《诗探索》诗歌发现奖”等奖项。出版诗集《水带恩光》。

身体的暮色

纳　兰

一个泛灵论者与自然交换身份
垂入我心的
钓钩，能钓上来千堆雪、西风和暮色。
与外界保持一种舒适的距离
就是让一架飞机
不轻易向外人垂下自己的
旋梯。
不邀请杂音入耳
也不向外界投放它的影子和欲望。

身体的暮色

纳兰

一个性灵试着与自然交换身份
垂入我心门的
钓钩，能钓上来千堆雪，雨风和暮色。
与外界保持一种舒适的距离，
就是坐一架飞机
不轻易向外人垂下自己的
旋梯。
不邀请杂音入耳
也不向外界投射它的影子和欲望。

2020.06.08

诗人档案

林珊（1982~ ），女，江西赣州籍。中国作家协会会员，首师大驻校诗人。参加《诗刊》社第三十五届“青春诗会”。出版诗集《好久不见》《小悲欢》。获第十七届华文青年诗人奖、第二届中国诗歌发现奖、2016江西年度诗人奖等奖项。

梧桐畈

林 珊

我不知道秋天的梧桐畈，还有多少梧桐
正站在路边，抖落荒芜的叶子
我不知道远逝的流水，执意拥抱过多少次
散落在原野的乡村
时间带给我们的，是浩瀚无垠的星空
和永无完结的露水
我们是荡漾在露水中的一群人
那么多的莲花，拥有永恒的孤独
那么多的人，从远方，迢迢地赶过来
我不知道这是不是，我们深爱过的秋天
吹拂人世的秋风，多么蓬勃
多么温柔
你看到我在人群中交谈，朗诵，走动
你看到夜晚带来一些迷雾
我们是走在迷雾中，手捧莲花
接受完满与破碎的那个人

梧桐畈

林珊

我不知道秋天的梧桐畈，还有多少梧桐
正站在路边，抖落荒芜的叶子
我不知道远逝的流水，执意拥抱过多少次
散落原野的乡村
时间带给我们的，是浩瀚无垠的星空
和永无完结的露水
我们是荡漾在露水中的一群人
那么多的莲花，拥有永恒的孤独
那么多的人，从远方，迢迢地赶过来
我不知道这是不是，我们深爱过的秋天
吹拂人世的秋风，多么温柔，多么蓬勃
你看到我在人群中交谈，朗诵，走动
你看到夜晚带来些迷雾
我们是走在迷雾中，手捧莲花
接受完满与破碎的
那个人

2020.6.23

周卫民（1981～　），出生于北京平谷。参加了《诗刊》社第三十五届“青春诗会”，北京老舍文学院第二届中青年作家（诗歌）高研班学员。作品发表于《诗刊》《星星》《绿风》《诗选刊》《北京文学》等刊物。著有诗集《命运遗迹》《反光镜》。

晾绳上

周卫民

阳光里摇动的衣服是幸福的
在一条温暖的晾绳上，稍有些许风
就把她们吹得欢欣鼓舞
她们悠闲地成为了自己
翩翩而起，摇曳手臂，或扭动腰肢
都不是为了给谁看
也不是想起了
那个曾被紧紧抱住的人

晾绳上

阳光里摇动的衣服是幸福的
在一条温暖的晾绳上，稍有些许风
就把她们吹得欢欣鼓舞
她们悠闲地成为了自己
翩翩而起，摇曳手臂，或扭动腰肢
都不是为了给谁看
也不是想起了
那个曾被紧紧抱住的人

周卫民

诗人档案

漆宇勤（1981～ ），生于江西萍乡。参加了《诗刊》社第三十五届“青春诗会”。中国作家协会会员。在《诗刊》《星星》《青年文学》《北京文学》《人民日报》等各类报刊发表诗歌、散文千余篇（首）。出版个人作品集《在人间打盹》《靠山而居》《翠微》《放鹅少年》《抵达》等十八部。

所 见

漆宇勤

我看见的炊烟都是微蓝
与你印象中薄雪般的白并不吻合

柴火都取自后山的草木
灶膛上方草木灵魂重回山岭怀抱

烟火老来不忘还乡
归途的袅绕中有着轻盈的孤绝

所有相接近颜色里
只有微蓝，带着灵动和温暖味

仿佛他们青梅竹马
与蓝天白云黛色的山天生匹配

所见

漆宇勤

我看见的炊烟都是微蓝
与你印象中薄雪般的白并不吻合

柴火都取自后山的草木
灶膛上方草木的灵魂重回山岭怀抱

烟火老来不忘还乡
归途的袅绕中有着轻盈的孤绝

所有相接近的颜色里
只有微蓝，带着灵动和温暖味

仿佛他们青梅竹马
与蓝天白云黛色的山天生匹配

2017.2

在“可爱的中国摇篮”与可爱的诗人相遇

——《诗刊》社第三十五届“青春诗会”侧记

曾子芙

一

伴随着秋老虎的脚步，拽着八月的尾巴，《诗刊》社第三十五届“青春诗会”在江西上饶横峰举办了。15位青年诗人天南地北纷纭而至，熟悉的名字、陌生的面孔、亲近的灵魂，一旦相聚，势必会产生奇妙的化学反应。在诗会这短短的四天里，大家迅速融汇成一个亲密无间的诗人家庭。

此时季风刚刚退远。所到之处树影斑驳，郁郁葱葱，青绿翠绿浅绿深绿橄榄绿灰湖绿水晶绿海洋绿，兴奋的绿，执着的绿，充满希望的绿；各式各样层次分明的绿映入眼帘，每一片绿都翘首盼望着被诗人们写下。这些绿密密地占领了诗会的每一个角落，见证和勾勒出为期四天的诗会的每一个细节。

对文字怀有极大严肃态度的人走到一起必将产生一种团结、紧张的氛围。而一直以来，团结、紧张也已经成为“青春诗会”的主调，第三十五届“青春诗会”也就在这样良好的氛围中度过。

值得一提的是，活动开展前天气预报说诗会期间会持续下雨的横峰，天气却都晴朗温润，主办方在每位嘉宾的活动手册袋子里放的雨伞，也没有使用的机会。从这个角度看，在横峰这里，这只“秋老虎”竟有些许的可爱。

二

此次诗会的举办地横峰，素有“红色省会”之称，是无产阶级革命家、《可爱的中国》的作者、诗人方志敏战斗的主战场及第二故乡。在1935年，方志敏同志写下了他对“可爱的中国”的美好憧憬。如今，秀丽横峰就在眼前，当年方志敏通过文字留下的憧憬都已逐步成为现实。

诗会第一天，诗人们参观了中共横峰“一大”旧址、方志敏故居、横峰革命烈士纪念馆、列宁公园、闽浙（皖）赣革命根据地旧址群等地，了解革命历程，感受红色魅力。

横峰不仅有丰富的人文内涵，也是一片拥有美丽自然景观的土地。

第三十五届“青春诗会”参会者合影

本次诗会最年轻的学员童作焉在野外采风中显得格外有活力，一直拿着手机四处拍照。他说对于常年居住在都市里的自己来说，这样的采风活动是一种非常新奇而宝贵的体验。这样的体验或许是一种能真正进入这个时代更宽阔而细微之处的过程，这样的体验对个人来说是非常宝贵的写作养分。

来自江西省内的诗人吴素贞面对熟悉而亲切的风景，也有独特的感受，她说对乡村意象的探触以及事物内部的多层次的呈现，一直以来是她创作的灵感源泉所在，在这里所看到的每一处风景，对她都有独特的意义。

三

此次诗会的6位导师分别是汤养宗、陈先发、胡弦、杨庆祥、刘笑伟和傅菲。6位导师出于对创作的尊重、对文字的敬畏、也出于对一束光的自觉，在改稿过程中极为认真负责，导师们同《诗刊》社的各位编辑，在活动间隙，见缝插针地同自己组内的诗人开改稿会，不停分析、讲解、切磋。诗人们也在反复打磨稿件，精益求精，明确自己今后的创作方向。

诗会期间指导老师与学员合影。左起：王子瓜、陈先发、童作焉

导师杨庆祥在改稿中较注重诗歌的节奏，同时肯定了自己的学员年微漾和飞白的创作，认为他俩能迅速敏锐地捕捉到细节的可贵之处。但也强调不要过分地看重个人经验，要有图穷匕见的豁然感。

胡弦老师的小组成员是王子瓜、

林珊和马泽平。胡老师一边看学员们的作品，一边触类旁通地找一些可以作为借鉴和学习的中外作品给学员看，同时也和学员们分享了自己年轻时的创作经验，强调一方面要锻炼诗歌创作的空间灵活转变能力，发掘诗的超现实性；另一方面也要多吸收其他艺术门类表达方式的经验。

诗会期间，《诗刊》编辑与学员合影。左起：王子瓜、童作焉、隋伦、寇硕恒、徐晓

导师汤养宗的改稿小组是集中改稿次数最多的小组，前前后后集中了5次，常常改稿改到深夜。在涉及诗歌创作过程中的多维度问题时，汤老师把这种技巧形象地比喻为中国画的散点透视技巧。在诗歌里同时有几个时空交集在一起，这样的交集应该建立在个体体验的基础上，一方面肯定自己的体验，另一方面把不同的时空有机融合在一起。

陈先发老师的改稿小组在改稿过程中也谈到诗歌创作的多维度问题，他认为，就句式而言，诗歌要有一种“折断”的感觉，文字要忠实于自己的个人体验，没有必要堆砌过多的概念。如同法国诗人纪尧姆所说的：“认为我们的双脚无法脱离包含着逝者的土地。”我们在逝去的人身上继承了长久的思考的体验，而写作就是不断地区分，就是在继承过去精神的层面上，再把自己和无限的他人区分开来。徐晓的作品有一种超出她年龄的成熟和淡然，陈先发老师鼓励她继续保持这样的风格。而对在创作风格上已经趋于成熟的敬丹樱和漆宇勤来说，陈先发老师鼓励他们跳出自己的舒适圈。

傅菲老师的小组成员是黍不语和贾浅浅。傅菲老师改稿非常认真，拿着两位学员的稿子，一首诗一首诗地对照，一节一节地抠，一个字一个字地挑。他鼓励贾浅浅的创作应该对当下有更大的隐喻。而黍不语对一些关键词语的调动能力很强，但对部分意象的掌握能力还没有达到她内心想达到的地步。

刘笑伟老师小组的两位学员周卫民和纳兰，是两位创作风格截然不同的诗人。周卫民的作品总是淡淡的，有一种朴实的气质；而纳兰的作品是既有情感柔软的部分，也充斥着情感的愉悦。改稿会上，刘笑伟老师针对纳兰的“浓郁”与周卫民的“太淡”的问题，对他们进行了有针对性的指导。

对待这次诗会的态度，诗人们是严肃认真的。讨论作品时，既对自己负责，也关心别人。几组改稿会都在导师指导和学员们互相切磋的氛围下进行。每位年轻的诗人未来都还有很长的路要走，都要付出很大的努力来提升自己。毕竟，在“像”和“是”之间，距离还是很远。

四

除了改稿和采风，这次“青春诗会”还特意安排了当地文学爱好者与15位诗人学员交流。

9月1日的傍晚，在横峰县莲荷乡的梧桐畈，举行了一场既正式又非正式的诗歌朗诵会。正式在于，这场朗诵会的前半段是以直播形式进行的；而非正式在于，电视直播结束后，朗诵会并没有结束，大家纷纷积极地上台朗诵自己喜欢的或自己创作的诗歌。气氛热烈，大家看到了彼此更可爱的一面。

夜幕降临，朗诵会在诗人纳兰朗诵的诗歌《草莓》中拉开帷幕。随后，此次诗会入围的15位青年诗人悉数登台，为现场嘉宾和文学爱好者送上了一场别具一格的诗歌盛宴。几位指导老师上台朗诵将晚会推向了高潮。被临时叫上台的汤养宗老师不慌不忙地打开手机找他要朗诵的诗歌，站在台上找了两三分钟也没找到，场面一度变得有些停滞，汤老师却深沉地说："还好我是一个老演员。"一句话就让气氛又热络起来，果然是见过大风大浪的"老演员"。

杨庆祥老师朗诵结束后，收获了一束胡弦老师献给他的鲜花和一个扎实的拥抱……最后，朗诵会在李少君老师铿锵有力地朗诵完《晓出净慈寺送林子方》一诗后，缓缓落下帷幕。

五

此次在江西横峰参加"青春诗会"，对每位诗人学员都十分重要，既是一次新的诗歌的起点，同时也是一个使命的摇篮。通过这次诗会，学员们对自己的作品更加挑剔，同时，也结识了志同道合的诗友。在未来，他们还有很长的路要走，他们的作品将会被放在更严苛的平台上去接受检阅。

相聚的时间总是很短暂，9月3号以后，各位诗人就要离开横峰，

第三十五届"青春诗会"指导老师与学员们合影

第三十五届“青春诗会”学员与《诗刊》主编李少君合影

回到各自的工作岗位了。虽有万般不舍，但还是要告别。在《卡拉马佐夫兄弟》一书里，阿辽沙站在教堂门前与他的伙伴们告别之际，是这样说的：“最要紧的是，我们首先应该善良，其次要诚实，再其次是以后永远不要相忘。”这句话我想要在这篇侧记结束之际再重复一遍：我们大家首先要善良，其次是对写作这件事怀有诚实之心，最后，此次相聚过后，我们彼此能永不相忘。

青春诗会

第三十六届

2020

第三十六届（2020 年）

时间：

2020 年 10 月 21 日 ~ 25 日

地点：

福建宁德霞浦

指导老师：

李少君、霍俊明、胡　弦、陈先发、汤养宗、刘笑伟等

参会学员（15 人）：

陈小虾、亮　子、琼瑛卓玛、芒　原、韦廷信、李松山、吴小虫、王家铭、王二冬、蒋　在、苏笑嫣、一　度、叶　丹、徐　萧、朴　耳

第三十六届“青春诗会”学员们“全家福”合影。左起：王二冬、亮子、韦廷信、李松山、琼瑛卓玛、苏笑嫣、徐萧、陈小虾、蒋在、朴耳、王家铭、一度、吴小虫、芒原、叶丹

诗人档案

陈小虾（1989～　），女，生于福建福鼎。2013年开始诗歌创作。作品发表于《人民文学》《诗刊》《诗潮》《诗探索》《福建文学》等刊物。参加《诗刊》社第三十六届"青春诗会"。曾获诗探索第三届春泥诗歌奖。

堆雪人

陈小虾

一切都静下来了，回到生命之初的安宁
只有雪，下着
那么深而认真

一个人，在一望无际的白色世界里
堆雪人，一个接一个
堆远走的，堆逝去的，堆狠心的
让他们站成一排
朝着同一个方向
给他们安上眼睛，站在原地
看我的背影，看我的孤独，看我远去，在一场雪里消融
无论如何，我不回头，就像当初他们离去一样

堆雪人

陈小虾

一切都静下来了，回到生命之初的安宁
只有雪，下着
那么深，那么认真

一个人，在一望无际的白色世界里
堆雪人，一个接一个
堆远走的，堆逝去的，堆狠心的
让他们站成一排
朝着同一个方向
给他们安上眼睛，站在原地
看我的身影，看我的孤独，看我远去，在一场
雪里消融
无论如何，我不回头，就像当初他们离去
一样

写于2015年

诗人档案

亮子（1987~　），原名李亮，出生于甘肃成县。甘肃省作家协会会员。2020年参加《诗刊》社第三十六届“青春诗会”。出版诗集《黄昏里种满玫瑰》。

夜　色

亮　子

对我而言
这世界。雪花还没有涌来
也就意味着
大地多么空旷
除了半夜醒来
有一地的灯火，举着酒杯
夜
色
这通亮的宝石啊！
我要深深埋葬
用一片芦苇的头颅
或者我眼中的极光！

夜色

作者：亮子

对我而言

这世界。雪花还没有涌来

也就意味着

大地多么空旷

除了半夜醒来

有一地的灯火，举着酒杯

夜

色

这通亮的宝石啊！

我要深深埋葬

用一片芦苇的头颅

试着我眼中的极光！

2020.11.4日手书

诗人档案

琼瑛卓玛（1981～　），女，本名王飞，河北籍。参加了《诗刊》社第三十六届“青春诗会”。有少量诗歌发表于《诗刊》等诗歌刊物。沉迷于街拍，居拉萨十余年。现就职于西藏民族大学，往来于咸阳、拉萨两地，教书为生。

从前的爱情很美

琼瑛卓玛

从前的爱情很美
牵了手的人是可以相爱的
一生也很美，谁也不会半途而废
从前的生死很美
活着不能在一起的人，都用同一个墓碑
从前的承诺很美，等待很美
他穿的蓝布衫上题着字
我们都不用防备什么人
不用学会狠心就过了一辈子

从前的爱情很美

琼瑛卓玛

从前的爱情很美
牵了手的人是可以相爱的
一生也很美，谁也不会半途而废
从前的生死很美
活着不能在一起的人
都用同一个墓碑
从前的承诺很美，等待很美
他穿的蓝布衫上题着字
我们都不用防备什么人
不用学会狠心就过了一辈子

诗人档案

芒原（1981～　），原名舒显富，出生于云南昭通。现为警察。在《诗探索》《人民文学》《诗刊》等刊物发表作品。参加了《诗刊》社第三十六届“青春诗会”。获《诗探索》第十八届华文青年诗人奖。著有诗集《烟柳记》《舒显富诗选》。

卧　底

——寄霞浦的海

芒　原

混迹于宦海，商海，人海
再到霞浦的海，终归还是暴露了
自己的身份——
一个海的卧底，绝大多数时间
风平浪静。可一旦进入真实而具体的海
它那巨大的操控力，把无数的波涛
翻滚的狮吼，都反转为一种短兵相接与肉搏
用痛击撞响礁石，用吞噬直逼人的蚀骨
甚至碾成沙粒。面对它
我们每一个在场的人都是卷入者
同时，也是同盟者和执行者
当说到海的教育时，我已放弃了潜伏
独自躺在海岸上
请落日
拍下我的溃散

卧底

——寄霞浦的海

芒原

混迹于宦海，商海，人海
再到霞浦的海，终归还是暴露了
自己的身份——
一个海的卧底，绝大多数时间
风平浪静，可一旦进入真实而具体的海
它巨大的操控力，把无数的波涛
翻滚的狮吼，都反转为一种短兵相接与肉搏
用痛去撞响礁石，用吞噬直逼人的脊骨
甚至碾成沙粒。面对它
我们每一个在场的人都是卷入者
同时，也是同谋者和执行者
当说到海的教育时，我已放弃潜伏
独自躺在海岸上
请落日
掐下我的溃散.

诗人档案

韦廷信（1990~　），壮族，福建霞浦人，现居宁德。诗作见《诗刊》《诗选刊》《诗潮》《诗歌月刊》《民族文学》等。参加了《诗刊》社第三十六届“青春诗会”。诗集《土办法》是中国作家协会2018年少数民族文学重点作品扶持项目。

北岐虎皮滩涂

韦廷信

像一只虎卸去王者之姿
一身虎皮
盖在北岐滩涂上
摄影家们举着长枪短炮
瞄准它
此时的虎显得平静
在光影之下
有白须，泪花，晶莹的白
我看了它许久
许久它都不曾移动
随着太阳西落
它的身影终于黯淡
虎再霸道，也敌不过时间
在山中如此
在滩涂之上也是一样

北岐虎皮滩涂

韦廷信

像一只虎卸去王者之姿
一身虎皮
盖在北岐滩涂上
摄影家们举着长枪短炮
瞄准它
此时的虎显得平静
在光影之下
有白须，泪花，晶莹的白
挂着了它许久
许久它都不曾移动
随着太阳西落
它的身影，终于黯淡
虎再霸道，也敌不过时间
在山中如此
在滩涂之上也是一样

诗人档案

李松山（1980~　），笔名山羊胡子，河南舞钢李楼村人。残疾。放羊。偶有诗歌发表。参加了《诗刊》社第三十六届“青春诗会”。

一首诗

李松山

——词语的浪花撞击着隐喻的礁石。
纷纷扰扰。你亢奋，甚至从床上坐起来。
此刻，你必须保持十二分的冷静。
一首诗就是牧羊人的皮鞭，
给它自由，束缚它偏离思想的轨道。
发黄的稿纸上，你仿佛看到
潮汐过后，被风浪遗忘在沙滩的一粒粒珠贝，
你捡起来，并把它们串联在一起。

一首诗

——作者李松山

一词语的浪花撞击着隐喻的礁石。

纷纷扰扰。你亢奋，甚至从床上坐起来。

此刻，你必须保持十二分的冷静。

一首诗就是牧羊人的皮鞭，

给它自由，束缚它偏离思想的轨道。

发黄的稿纸上，你仿佛看到

潮汐过后，被风浪遗忘在沙滩的一粒粒贝壳，

你捡起来，并把它们串连一起。

2020年11月11日 光棍节

诗人档案

吴小虫（1984～　），原名吴小龙，生于山西应县，现居成都。2004年开始写作发表，成都文学院签约作家。曾在《诗刊》《人民文学》《扬子江诗刊》《文学港》《星星》等刊物发表组诗及随笔等。获《都市》年度诗人奖、河南首届大观文学奖等奖项。诗集《一生此刻》入选2018年度“21世纪文学之星丛书”。参加了《诗刊》社第三十六届“青春诗会”。

夜抄维摩诘经

吴小虫

如果可以，我的一生
就愿在抄写的过程中
在这些字词
当我抬头，已是白发苍苍
我的一生，在一滴露水已经够了
灵魂的饱满、舒展
北风卷地，白草折断
我的一生，将在漫天的星斗
引来地上的流水
在潦草漫漶的字体
等无心的牧童于草地中辨认
或者不等，高山几何
尘埃几重，人在闹市中笑
在梦中醒来——

我的一生已经漂浮起来
进入黑暗的关口
而此刻停笔，听着虫鸣

夜抄维摩诘经

吴小虫

如果可以，我的一生
就愿在抄写的过程中
在这些字词
当我抬头，已是白发苍苍
我的一生，在一滴露水已经够了
灵魂饱满、舒展
北风卷地，白草折断
我的一生，将在漫天的星斗
引来地上的流水
在潦草漫漶的字体
等无心的牧童于草地中辨认
或者不等，这山几何

尘埃几重，人在闹市中笑
在梦中醒来——
我的一生已经漂浮起来
进入黑暗的关口
而此刻停笔，听着虫鸣

诗人档案

王家铭（1989~　），生于福建。本科毕业于武汉大学，博士就读于清华大学人文学院中文系。曾获《十月》诗歌奖、三月三诗会新人奖、东荡子诗歌高校奖、樱花诗赛一等奖等奖项。作品发表于《人民文学》《十月》《诗刊》等刊物。著有诗集《神像的刨花》。参加了《诗刊》社第三十六届“青春诗会”。

三都澳

王家铭

轮渡驶出下午的天色，像从
海水的颜料中，蘸了微微的一笔，
给我们心头绘上螺纹般的线描。
身后，远山被一桶清水淋过，流屿
是掌心的微火。恍然回到
漕运的年代，船工开斫，补漆，
而枯荷如愈来愈多的记忆，
风景的负担。马樱丹指引岛上的路，
公馆楼和修道院，雀静中鲜绿，
年长的姆姆在露天花园里
梦见远客。想军舰驶出白练，
是稍息还是在晚祷的时刻？
从海上渔排遥望贵岐山，风的
冥思，以及厌倦，都被熔岩理解了。
岸上枇杷，曾露出黯淡的一瞬，
当它的绒毛擦过我们茫茫的情绪。

三柳渠

王家铭

轮渡驶出下午的天色，像从
海水的剪裁中，截了微微的一笔，
给我们的头绘上螺纹般的线描。
身后，远山被一捆清水淋透，流水
悬崖的微火。恍惚回到
漕运的年代，船工敲斫、补漆，
而枯荷如念来会了的记忆，
风刮大地。乌鸦用指引它的路，
从旅楼和何通藏，在静中停泊，
年长的姑娘在露天花园里。
拐之远客。想象航驶出的陈，
是情思还是在吹奏的时刻？
从海上远眺金碧贵岛山，因为
瓦影，以及灰烬，都被熔合在视野了。
岸上桃杞，自黄出轮流的一瞥，
当它的伐木掉进我们茫茫的棺椁。

2022.11.16
书写于清华园

诗人档案

王二冬（1990~ ），原名王冬，山东无棣人。现居北京，系快递行业从业者。著有诗集《东河西营》《没有回家的马车》。曾获第三届中国红高粱诗歌奖、第三十届樱花诗歌奖、“我向新中国献首诗”一等奖等奖项。参加了《诗刊》社第三十六届“青春诗会”。

旧 物

王二冬

你走之后，所有事物都成了旧的
没穿的新衣，一把火就成了灰烬
没咽的饭菜，一炷香就成了祭品
就连新坟上的土也是旧的
这一次，你终于躺在了年轻时
长跪不起的地方，等待来世
来世，你或许会再次成为新的
我是等不到了，就算再见
我们也不会相识。在我的生命中
你是旧的永恒，吹过窗台的风
也会蒙上你渴望自由的灰尘
旧的窗棂，红漆刷得越多
时光脱落得越快，你走之后
我决定，爱过的就不再去爱了

旧物

飞冬

你走之后，所有事物都成了旧的
没穿的新衣，一把火就成了灰烬
没吃的饭菜，一炷香就成了祭品
就连新坟上的土也是旧的
这一次，你终于躺在了年轻时
长跪不起的地方，等待来世
来世，你或许会再次成为新的
我是等不到了，就算再见
我们也不会相识。在我的生命中
你是旧的永恒，吹过窗台的风
也会蒙上你渴望自由的灰尘
旧的窗棂，红漆刷得越多
时光脱落得越快，你走之后
我决定，爱过的就不再去爱了

诗人档案

蒋在（1994~　），女，生于贵阳，现居北京。中国作家协会会员。诗歌见于《人民文学》《诗刊》等刊物。小说见于《十月》《钟山》《上海文学》等。小说集《街区那头》入选中国作协“21世纪文学之星丛书”。出版诗集《又一个春天》。曾获《山花》年度小说新人奖。参加了《诗刊》社第三十六届“青春诗会”。

又一个春天（节选）

蒋　在

年轻时
因为一无所有
总在时间里等待
等待一个　又一个
热切的春天

所以看一切事物的时候
总觉得头顶上的城市很大
地上的这座城市很小
小得像风

一年又一年
不知不觉
木头中间的绿

随着声音
竟又长高了一寸

香味很近
等同
打开了一个春天

《又一个春天》

蒋勋

年轻时
因为一无所有
总在时间里等待
等待一个 又一个
热切的春天

所以看一切事物的时候
总觉得头顶上的城市很大
地上的这座城市很小
小得像风

一年又一年
不知不觉
木头中间的家
随着声音
竟又长高了一寸

香味很近
等同
打开了一个春天

诗人档案

苏笑嫣（1992～　），女，蒙古族。中国作家协会会员。就读于北京师范大学与鲁迅文学院联办研究生班。参加了《诗刊》社第三十六届“青春诗会”。作品曾在《人民文学》《诗刊》《诗选刊》《诗歌月刊》《星星》《青年文学》《民族文学》等报刊发表。获第三届中国青年诗人奖、《诗选刊》中国年度先锋诗歌奖等奖项。出版有诗集《时间附耳轻传》，长篇小说《外省娃娃》等著作九部。部分作品被译介至美国、日本、韩国、新西兰等海外刊物。

风暴燃灯者

苏笑嫣

突如其来的闪电抓紧房屋
雨点猛敲，如上半年密集的恐惧
这是星期四的夜晚，你从日记里
写过无数次的那条小路回家
更多的汽车仍在河流中回旋，如同
童年澡盆里的模型玩具。三楼窗外
银白色的大江在天空奔流
但窗内，空气恒定，几只黑色小虫
用力扒住灯罩，固有的抵御
每一场风雨都漫不经心
力量却足以使雨刷忙碌于摆动
这徒劳的反抗，多么令人疲惫
零落者困于潮头，被风暴的拍打所占据
其下生活的混凝土却仍然坚实

安全就是反复受潮
向时间递交不断续签的协议
还有多少债务需要偿还
还有多少未卜的裂隙需要售后处理
除了流水，什么都未曾远逝
房屋完整，牢固，钢筋贯穿如同脊椎
在你敲敲打打、生出锈迹的身体
你深知每一处灯光都是一处不幸
为永恒的风雨所冲刷
它们越过虚假而枯燥的社交辞令
有的脱落如怆然的细屑
有的皑皑，时刻准备着承受袭击

风暴燃灯者

苏笑嫣

突如其来的闪电抓紧房屋
雨点猛敲，如上半年密集的恐惧
这是星期四的夜晚，你从日记里
穿过无数次的那条小路回家
更多的汽车仍在河流中回旋，如同
童年澡盆里的模型玩具。三楼窗外
银白色的大江在天空奔流
但窗内，空气恒定，几只黑色小虫
用力抓住灯罩，固有的抵御
每一场风雨都漫不经心
力量却足以使雨刷似梳子摆动
这徒劳的反抗，多么令人疲惫
零落着困于潮头，被风暴的拍打所占据
其下生活的混凝土却仍然坚实
安全就是反复受潮
向时间递交不断续签的协议

还有多少债务需要偿还
还有多少未卜的裂隙需要售后处理
除了流水，什么都未曾运送
房屋完整，牢固，钢筋贯穿如同脊椎
在你敲敲打打，生出锈迹的身体
你深知每一处灯光都是一处不幸
为永恒的风雨所冲刷
它们越过虚假而枯燥的社交辞令
有的脱落如拉丝的细屑
有的肮脏，时刻准备着承受袭击

诗人档案

一度（1980~　），原名王龙文，生于安徽桐城，现居黄山。参加了《诗刊》社第三十六届“青春诗会”。作品散见《十月》《诗刊》《散文诗》《青海湖》《黄河文学》《星星》等刊物。作品入选当代大学生人文素质必修课《新诗导读200首》和浙江传媒学院选修课教材《中外爱情诗赏析》。和友人主编《安徽80后诗歌档案》。出版诗集《散居徽州》《午后返程》。

霞浦观大海，兼致落日

一　度

收回吧。我的日出和日落
收回吧。我的城市和
迁徙到这里的城镇

当落日再次带给我们苦痛
几只红嘴鸥从滩涂上
找回曾经失去的羽毛

收回吧。这些辽阔
这些看透世间万物的浪花

整片的岛屿都在追赶落日
它们的移动，加剧我们的衰老

收回吧。黑色礁石上站立的桅杆
像风中飘逝的经幡

霞浦观大海，兼致落日

一度

收回吧。我的日出和日落
收回吧。我的城市和
延续到这里的城镇

当落日再次带给我们苦痛
几只红嘴鸥鸟从滩涂上
找回曾经失去的羽毛

收回吧。这些辽阔
这些覆盖世间万物的浪花

整片的岛屿都在追赶落日
它们的移动，加剧我们的衰老

收回吧。黑色礁石上留下的烧痕，
像风中飘逝的经幡

诗人档案

叶丹（1985~　），生于安徽省歙县，现居合肥。出版有诗集《没膝的积雪》《花园长谈》《风物拼图》《方言》。参加了《诗刊》社第三十六届“青春诗会”。

迎新诗

叶　丹

好几次，在胎心监护室外，
我曾听见你有力的心跳，
你在羊水里吐泡泡，咕噜
咕噜，仿佛水即将煮开，
你也有一颗滚沸的心灵么，
覆盖我的小天使，
你多像妈妈从瓶里倒出的秘密，
是你让我更爱这衰变的乌托邦。

我只准备了一只倒扣的
汉语之钵，你要自己撬开它，
它的空将喂养你长大，
像妈妈这样，像爸爸这样。

迎新诗

叶丹

好几次，在胎心监护室外，
我曾听见你有力的心跳，

你在羊水里吐泡泡，咕噜
咕噜，仿佛水即将煮开，

你也有一颗滚沸的心灵吗？
复盖我的小天使，

你多像妈妈从瓶里倒出的蜂蜜，
是你让我更爱这衰变的乌托邦。

我只准备了一只倒扣的
汉语之钵，你要自己撬开它，

它的空将喂养你长大，
像妈妈这样，像爸爸这样。

2016-9 作
2020-11 抄

诗人档案

徐萧（1987~　），本名徐美超，生于辽宁开原，现居上海。作品散见于《诗刊》《今天》《读诗》《创世纪》等刊物。出版有个人诗集《白云工厂》《万物法则》。参加了《诗刊》社第三十六届“青春诗会”。

静安寺观雨

徐　萧

雨在这里毫不稀奇，它们
在恰当和不恰当的时间落下，

选择封闭一座城市，
又开启它。或者敲打车窗，

或者袭击公园里的森林。
而此刻，是我。

我站在地铁车站的门口，
手里拿着一本诗集，

但我不能去读。
也不能去问小贩，伞的价钱。

人们都在等待。而我
将那本写满事物的书，顶在头顶，

冲向无人的街道。

静安寺观雨

徐萧

雨在這里毫不稀奇，它們
在恰当和不恰当的時間落下，

选择封闭一座城市，
又开启它，或者敲打车窗，

或者甚至公园里的森林。
而此刻，是我。

我站在地鐵车站的门口，
手里拿着一本詩集，

但我不能去讀。
也不能去向小販，争吵价錢。

人們都在等待，而我
将那本写满事物的書，顶在头顶，

冲向无人的街道——。

2012年8月30日 誊抄於2020年11月10日

诗人档案

朴耳（1987~　），女，本名王前。祖籍江苏，现居北京。作品散见于《人民文学》《诗刊》《解放军文艺》等。出版诗集《云头雨》。参加了《诗刊》社第三十六届“青春诗会”。

我们的船即将穿越海峡

朴　耳

行至海峡细长的瓶颈处
沿途，皆是墨蓝的创伤
一艘船静静地漂远
像海的另一只耳朵，失去听觉
我们挥手，打出耳蜗中极速旋转的信号
那艘船停在海平线上
我们看见海豚和散落的岛屿
原来海的影子浮在水面上
比它自身小那么多

于是得到安慰：
我们还可以湛蓝
可以腾空
可以不用收缩影子

我们的船即将穿越海峡

朴耳

行至海峡细长的瓶颈处
沿途，皆是墨蓝的创伤
一艘船静静地漂远
像海的另一只耳朵，失去听觉
我们挥手，打出耳蜗中极速旋转的信号
那艘船停在海平线上
我们看见海豚和散落的岛屿
原来海的影子浮在水面上
比它自身小那么多

于是得到安慰：
我们还可以湛蓝
可以腾空
可以不用收缩影子

山海闽东，诗荟霞浦

——《诗刊》社第三十六届“青春诗会”侧记

曾子芙　姜　巫

一

2020年10月22日，在福建省宁德市霞浦县的大京沙滩上，云影徘徊，山海交响，第三十六届“青春诗会”正式启动。受年初新冠疫情的影响，原定于夏季举办的“青春诗会”一推再推，最终确定于10月下旬举办，经历了疫情的考验和等待，这一届“青春诗会”能够顺利举办实属难得。中国作家协会书记处书记、副主席吉狄马加在致辞中表示，今天的中国需要用诗人的见证来书写、回答这一年的事迹，历史也赋予了我们这样一个责任。

霞浦是一座依山傍海、风景秀美的小城，也是诗歌文化非常深厚的一片地域。在这里诞生了“三角帆”“丑石”“三角井”等一系列具有历史意义的民间诗歌社团和民刊，孕育了在全国范围里都有影响力的“闽东诗群”，有很多优秀的经典诗作在这里被创作出来。在这样的文学机遇下举办第三十六届“青春诗会”，恰似偶然收拢另一篇偶然。

本届诗会的15位学员来自全国各地，他们有来自云贵高原的芒原，有在西藏成长和工作的琼英卓玛，有来自陕甘川三省要冲陇南的亮子，有成长在东北求学于上海的徐萧，有在海边长大的陈小虾、

第三十六届"青春诗会"合影。前排左起：陈小虾、苏笑嫣、蒋在、琼瑛卓玛、徐萧；二排左起：叶丹、李松山、芒原、朴耳、王家铭；三排左起：一度、王二冬、韦廷信、亮子、吴小虫

韦廷信和王家铭，还有来自河南舞钢从来没见过大海的放羊诗人李松山。学员李松山带着一副望远镜坐了十几个小时的火车来到霞浦，到站以后不顾长途跋涉的疲惫，下车第一件事就是带着望远镜去看海。而霞浦的海也没有让他失望，他在诗会的第一天透过他的望远镜看到了最美的海上日出。霞浦的海以她亲切明媚的形象，更新了诗人们的感受力。正如学员朴耳所言："也许写诗只是一件无用的小事，但只有在写诗的时候，我们可以像大海一样湛蓝，可以像鸟一样腾空，也可以不用收缩我们沉重的影子。"

二

本次诗会的4位导师分别是胡弦、陈先发，汤养宗和刘笑伟。4位导师和《诗刊》社的编辑们在诗会中同15位学员不断打磨和推敲稿件，并在对话与反思的过程中明确诗人们今后的创作方向。

第三十六届“青春诗会”合影。王二冬、韦廷信、琼瑛卓玛、蒋在、朴耳、王家铭；一度、李松山、叶丹、亮子、吴小虫’苏笑嫣、陈小虾、芒原、徐萧

在改稿预备会上，《诗刊》主编李少君对15位诗人提出了殷切的期望：“参加‘青春诗会’意味着大家的创作都是被认可的，但不能因为这样的一次肯定就止步不前，因为当下的机遇和灵感总是偶然和必然的结果。希望大家在向导师学习的过程中能给自己提出新的要求和新的定位。把诗歌当作一种真正的事业。”改稿预备会后，学员们分组同导师单独交流改稿。

刘笑伟在指导改稿时谈道：“诗歌创作要立足于生活，不能被自己所局限，要具有及物性。”朴耳的诗歌充满智性的思考，这是她的优势，由此而导致的同质化倾向，则是她要警醒的地方。亮子的诗歌贵在真诚和紧凑，刘笑伟鼓励他在创作中进行更多现代性的探索。李松山的诗歌真挚而质朴，对熟悉的生活场景的诗意呈现是他的优势所在。刘笑伟建议大家加强阅读，在阅读中多做一些深入的思考。

胡弦认为：“诗歌靠的是要让看的人相信作者想要传达的感情，要经得起细节的考量。所以在创作之前认真做考究是很有必要的。有些诗句乍看是对的，实际上却有很大的问题。”他提醒芒原和吴小虫在创作过程中要注意诗歌内部的逻辑关系，诗要给人一种“看似寻常，实际奇崛”的惊艳。也告诫王二冬和苏笑嫣要趁年轻不断丰富和充实自己，在日常的写作训练中就要让自己的句子凝练起来，少写一些过于直白的话，诗歌创作一方面要让它的内在逻辑清晰，另一方面也要体现出一种其他的质感。胡弦现场找了两首英国桂冠诗人塔特休斯写动物的诗《马群》和《栖鹰》一字一句地带领学员们赏析，鼓励他们多阅读名作、多吸收名作中的知识养分，让自己的作品更有厚重感。

汤养宗强调："诗人写诗要有自己的性格。写出的诗要有脾气，才算是真正上路。"汤老师肯定琼瑛卓玛的创作思路，尤其是她诗作里对时间的描述有很好的现代意识，同时也认为她还需要进行更多语言的训练。他肯定陈小虾是一个能从生活中的小细节发现独特诗意的诗人，建议她可以把诗歌写得再浑浊点，明朗些，对生命疼痛的东西的体悟要进一步升华。而韦廷信在创作过程中，情感不过分发散也不刻意抑制，透露出一种中正的品质，他常常能抓住生活中的某个物件或意象进行延展，但大多在表面打转，未能进行深层次透析，有些诗篇收尾处有刻意拔高的痕迹。一度的诗歌则词语比较节制，诗歌气息淡定从容、能做到恰到好处，能根据散点进行透视，围绕一个总的意思去组合，但句子和句子之间的排列有时候显得比较松散，在创作上还需要花更多的耐心来提炼语句。

陈先发在改稿过程中首先让几位学员互相评价，几位学员互相交换了各自的作品后，纷纷提出自己的看法和意见，出于对诗歌的严肃态度，大家互评起来也毫不留情。学员王家铭严肃又犀利地评价完徐萧的作品后很不好意思地笑道："其实我本来不想说得那么严重，但不知道为什么话说出来以后就感觉似乎有点过于犀利了。这几年来自己一直闷着头写自己的，也没有和其他人像这样坐下来，很犀利地审视自己的机会，这样的机会真的非常难得。可能就是因为机会难得，就不由自主地把话说得重了一些。希望大家不要介意。"几位学员在对话与反思中，对自己的作品有了新的认识。陈先发评价叶丹的诗有一种过熟的气质，阅读起来就像是在平面上滑行，缺少一种内在的起伏，希望将来能在创作上增添一些粗粝的质感。徐萧对自己的每一句诗都赋予了强大的耐心，可以考虑尝试变换一些更有难度的写法。王家铭和蒋在都有很强的文字处理能力，两位年轻的学员在用词上都比较节制，诗歌中透露出一种谨慎。陈先发建议他们可以试着多琢磨琢磨诗句和诗句之间上下文的衔接问题。

每位导师都对学员们严格要求，督促学员们认识到自己在创作上不能仅仅满足于对个人感情和文字技艺的展现，更要有种自觉意识：对自己的作品应该有面向世界、面向民族的要求，要意识到自己的缺陷，提高自己综合的写作才能和精神经验。

三

在"青春诗会"期间，学员们还走进霞浦的自然人文胜迹进行采风活动，领略了长沙书苑、诗歌馆、半月里村、畲族博物馆、下尾岛、上澳码头等充满诗情画意的霞浦风光。在长沙书院，长沙村的农民画家们特意为参加本届诗会的15位学员的15首诗分别作画。学员们来到长沙村看到这些根据自己诗的意象而创作出的画作，十分惊喜。"从画中看到了许多自己写诗的过程中没有触及的东西。我

第三十六届"青春诗会"合影。王二冬、吴小虫、芒原、李松山、王家铭、韦廷信、亮子；叶丹、琼瑛卓玛、徐萧、蒋在、朴耳、苏笑嫣、陈小虾、一度

甚至想根据这幅画再写一首诗，真是太神奇了”，学员一度看了农民画家苏文明为自己的诗歌《屋顶》配的图后说道。从不同的生命体验，生发新的艺术创造，通过不同的创作手段，收获新的期待，这也是在这次诗会上大家获得的启示。

在山与海的光影中，短短几天的采风，大家逐渐对霞浦这座小城有了一定的体验，结下了深厚的友谊。在诗会最后一天从采风地点返程的车上，闽东诗群代表诗人刘伟雄向学员们讲述三四十年前的往事，讲过去那一群爱写诗的朋友们在同样一片海滩上看海聊诗的经历，能够不被忘却的文学时光追忆起来总是迷人。谈话间，车辆忽然穿过一条长长的隧道，昏暗中有人拿起车上的扩音器念起了诗句：“已是黄昏 / 远山只有轮廓 / 近处已见灯火 / 而我，却感觉 / 亮堂堂的 / 既清醒，也有醉意 / 仿佛走过了好长的岁月……”

大家因为诗歌而相遇，为了寻找真正的自己而写诗。沉浸的时刻总是会有许多珍贵的东西显现，谁也不知道会有多少令人心醉神迷的记忆隐没于时光和文学的长流之中。

第三十六届“青春诗会”合影。左起：韦廷信、叶丹、亮子、吴小虫、王家铭、琼英卓玛、苏笑嫣、徐萧、陈小虾、朴耳、蒋在、芒原、李松山、一度、王二冬

诗会

附录　那些逝去的『诗星』

已故指导老师及学员名录

（截止到2021年2月28日）

指导老师

邹荻帆
（1917~1995）

张志民
（1926~1998）

严　辰
（1914~2003）

王燕生
（1934~2011）

柯　岩
（1929~2011）

雷　霆
（1937~2012）

李小雨
（1951~2015）

流沙河
（1931~2019）

邵燕祥
（1933~2020）

参会学员

第一届：顾城
（1956~1993）

第一届：陈所巨
（1947~2005）

第二届：赵伟
（1947~2004）

第三届：饶庆年
（1946~1995）

第三届：朱雷
（1947~2014）

第四届：刘波
（1964~2017）

第五届：孙桂贞
（1951~2018）

第七届：力虹
（1958~2010）

第七届：庄永春
（1951~2019）

第八届：骆一禾
（1961~1989）

第八届：刘国体
（1947~2004）

第八届：何首巫
（1952~2006）

第八届：陶文瑜
（1963~2019）

第九届：张令萍
（1960~2010）

第十届：刘德吾
（1965~2010）

第十届：洪烛
（1967~2020）

第十二届：硕童
（1953~2012）

第十二届：雷霆
（1963~2021）

第十四届：刘希全
（1962~2010）

第十四届：祝凤鸣
（1964~2020）

第十六届：江一郎
（1962~2018）

第二十届：大平
（1960~2010）

第二十七届：张幸福
（1973~2020）

值此纪念“青春诗会”40年之际，让我们向离世的诗人们表达深深地缅怀之情！

追忆那些“青春”的日子

王晓笛

尽管“青春诗会”40年纪念特刊手稿资料征集活动早已尘埃落定，但2020这个不寻常之年上演的那些难忘的一幕一幕，仍清晰地闪现于我的眼帘……

酝 酿

2020年1月16日，湘福林湘味小馆岳阳楼包间。我和搞诗人手稿收藏的樊杰兄弟张罗与诗人唐晓渡、曹宇翔、韦锦、胡玥、陈勇、方文、鲁克、马克餐聚，席间几杯老酒下肚，我凭借着酒意将打算征集“青春诗会”诗人手稿的动议和盘托出，我的理由有二：一是向先父王燕生等“青春诗会”的老一辈诗人创办者致敬；二是“青春诗会”创办至今已40年，有必要以手稿征集形式纪念一下这项中国诗坛最负盛名的诗歌品牌。当下在座众诗人皆表达了支持之意，这一干诗人之中，有曹宇翔、韦锦、胡玥、鲁克四人都先后参加过“青春诗会”。

其实早几日前，我在外研书店“跨年诗会”上遇到了曾参加第二十二届“青春诗会”的娜仁琪琪格，跟她也透露了我的这个想法。她编过许多诗歌选本，经验丰富。娜仁与先父熟知，除对我的行为表达支持外，还给我提出了些建设性的意见。我不想频繁使用电影中的蒙太奇手法，但有些对此次“青春诗会”40年纪念特刊手稿征集活动产生积极影响的细节，万万不可遗漏。

2020年1月19日驱车奔益阳过年，到29日夜（农历正月初五）返回北京，中国大地发生了改变日常生活的巨变！期间，武汉封城，各地出台管控措施。

这场“新冠”疫情，比北京这几年谈虎色变的雾霾可严重得多。人们一下子陷入惶恐的状态之中。怎么办？面对疫情，我刚萌芽的想法是否还要持续下去？期间我与唐晓渡大哥多次沟通，他站在战略的高度为我出谋划策。在晓渡大哥的授意下，3月底我给作协吉狄马加书记手书一封，阐明了我的想法及希望得到他支持的诚恳态度。4月7日我又给《诗刊》李少君主编修书一封，同样阐明了我欲实施纪念“青春诗会”40年诗人手稿资料征集的想法。4月中旬，我很快得到了吉狄马加书记和李少君主编的答复，我的想法与他们的想法不谋而合，于是责成我负责此次“青春诗会”参会诗人手稿资料征集的具体工作。我骨子里的情怀与执着，终于要走上一条由美好愿景变成现实的路上，前方等待我的将会是什么？会取得什么样的效果？我不得而知。

实 施

2020年4月22日，是个值得让人铭记的日子。《诗刊》公众号登载了《致青春——“青春诗会”40年》征集公告，意味着手稿资料征集工作的正式启动。紧接着《中国诗歌网》《中国作家网》《中诗网》《作家网》也纷纷转载了《诗刊》公众号消息。

在手稿征集活动创意时期，我就定下了此次手稿资料征集不设门槛的标准，凡是参加过“青春诗会”的所有诗人们均可参加。初衷只有一个：这次“青春诗会”诗人手稿征集活动是属于全体参会诗人们的舞台。我既不是诗人，也不是诗歌评论家，无权对参加“青春诗会”

的诗人们品头论足。在我心中，无论哪个年代，凡是参加过“青春诗会”的诗人们，都是那个年代诗人们的优秀代表。

《诗刊》公众号一出，我手中犹如有了“尚方宝剑”。果不其然，参会诗人们的手稿资料像雪片似的从祖国的四面八方飞向了北京朝阳区和平里。王晓笛何许人也？在许多参会诗人们心中是个疑问。一时间有电话置疑的，有微信询问的。这么大一件事儿，突然冒出来个广大诗人们都不知晓的王晓笛，难免疑惑。幸好有《诗刊》的金字招牌，广大诗人们尽显纯真善良本色予以支持。

在此我想有个补充交代：先父王燕生，《诗刊》资深编辑，他与《诗刊》老一辈诗人严辰、柯岩、邹荻帆、邵燕祥等1980年创建了“青春诗会”这个蜚声中国诗坛的品牌。他先后主持过第一、二、四、六、七届“青春诗会”，被誉为“青春诗会班主任”，乃青年诗人们的良师益友。据不完全统计，他给青年诗人们的亲笔回信，也是《诗刊》所有编辑中最多的。而我也是秉持着这份对父辈诗人们的敬意，和对“青春诗会”的敬意，义无反顾地投身到这项参会诗人手稿资料征集工作之中。

固然，《诗刊》公众号对整天以手机为生的年轻诗人们有强大的号召力，可那些20世纪五六十年代不怎么玩手机的参会诗人们，怎么才能联系到他们？我遂采取各届突破的战术，找到每届其中一人或几人，依托他（她）们再分散去找其他（她）人。一传十，十传百，我通过这种方式与近五百位参会诗人建立了微信和电话联系。

“青春诗会”40年参会诗人手稿资料征集，我面临的首先是查实139位女诗人的生辰困难。女性的年龄是困扰世人的一个禁区，我也不能幸免。其实在开展工作之前，我首先通过网络普遍查找了一下参会女诗人的生辰，结果令我沮丧，网上三分之二的女诗人都查不到生辰。怎么办？因为事先设定的“诗人档案”栏目，明确了要真实体现所有诗人的生辰年份，给后人留下一份珍贵文献资料。接下来经过激烈的思想斗争，我首先说服了自己，就算是对女诗人们得罪了，之后我会想方设法弥补她们。于是，我在微信里、电话中，以“极其不礼貌”的方式——最直白的方式，要求女诗人们告知我她们的生辰。也许是母爱的伟大，也许是女诗人们的无私情怀，139位女诗人悉数为我提供了她们真实的生辰。得罪了，女神般的女诗人们，今后的日子里我将竭力为你们做点有益的事儿。我会在之后的不同媒体上，为你们唱赞歌！

平心而论，如果光安坐家中，用守株待兔的办法等待诗人们的手稿邮寄和快递上门，如今我可以肯定地说，远远达不到今天我所取得的成果。在近半年一百八十多个黑白颠倒的日子里，就是梦中也不时会响起快递员在门外“快递”的吆喝声。已然记不清给近五百位诗人每人回过多少条短信，与没有微信的诗人和其家人们通过多少次话……但那些记忆却清晰地浮现于脑海之中。

成　绩

此次“青春诗会”参会诗人手稿资料征集活动，基本上截至2020年10月底就画上了圆满的句号。最后所取得的成果，可以说出乎所有人的预料。活动之初，我曾经跟念光开玩笑，让他预测下我能征集到多少位诗人的手稿，念光思考了下说：“三百人吧。”我将信将疑，依我的性格只征集到这个数目，就算失败。

执着的信念和炽热的情怀，犹如一盏明灯照耀着我前行；每当我遇到恼人的事情时，相框中的父亲用慈祥的目光激励我：儿子，你可以的。从春天启动到深秋截稿，我向组委会和广大参会诗人们交上了如下一份答卷：

“青春诗会”自1980年创办截至2020年，历时40年，共举办了三十六届（期间1981年、1989年、1990年、1998年因故停办），参会诗人共计526人。四十年期间，有21位诗人离开了我们，征稿期间又有第二十七届的诗人张幸福、第十二届的诗人雷霆先后不幸去世（我将会在《致青春——“青春诗会”40年》中专门用文字向逝去的指导老师和诗人们致敬）。晓笛共征集到了总共475位诗人的手稿资料。具体情况是：第一到第十届共129位诗人，101位诗人寄送手稿；第十一到第二十届共148位诗人，135位诗人寄送手稿；第二十一到第三十届共159位诗人，152位寄送手稿；第三十一届到第三十六届共90位诗人，87位诗人寄送手稿。参会诗人年龄最长者为1940年出生、“青春诗会”第一届的诗人张学梦，年龄最少者为1998年出生、“青春诗会”第三十四届的女诗人余真。年龄跨度接近一个甲子！

感恩

在此次“青春诗会”参会诗人手稿资料征集活动中，令我感动的人和事比比皆是，那一朵朵情感溅起的浪花，至今仍不时拍打着我的心房……首先我要特别感谢唐大哥晓渡，是他一开始就赋予了我做这件事的信心和勇气。以前先父在世时，他是先父同事；先父好酒，他变身为酒友；先父喜弈，便纳唐晓渡、邹静之、周所同为“关门弟子”，先父从此便有了“教头”身份。以前我一直尊称唐晓渡为“唐叔叔”。2011年父亲王燕生去世，在祭奠老爷子的一次酒局上，我与“唐叔叔”商定，今后我改口称其为“大哥”：一来祝福其永葆青春，二来彼此“兄弟”相称，也更亲近些，毕竟他长我不到十岁。我一直视晓渡大哥为亲人，他作为“青春诗会”的见证者和德高望重的诗人、评论家，为这次“青春诗会”参会诗人手稿资料征集，我自然将其看作是我的精神支柱和强力后援。晓渡大哥一开始就将我欲进行的这项工作定位为“情怀、致敬之旅”。嘱咐我要本着一颗敬畏之心，做好这项功德无量的事，以告慰先父和那些逝去的老诗人们。本着这份初心，我坚定不移地踏入了这片陌生的领域……

“青春诗会”40年，历经三十六届，此次参会诗人手稿资料征集，难点在前十届。由于受时代通信方式的限制，多数诗人们参加完诗会便失去了联系。想找到他（她）们，其难度远远超出了我的预判。我只好求助于我认识的诗人们，除了晓渡大哥，原《星星》诗刊的杜小蓉大姐和参加过第十六届青诗会、时任《解放军文艺》主编的姜念光兄弟，她（他）们让我列出想找的诗人名单，尽其所能帮我找到我所需诗人的联系方式；青十六届女诗人活动家安琪，倚仗其在媒体的巨大优势，为我提供了无数条有用的信息，在她的建议下，并帮我建立起“青春诗会寻人群”，通过这个群我联系到了二十余位“青春诗会”前十届的诗人们；青十六届诗人湖南长沙的刘起伦兄弟，为我提供了湖南参会诗人的信息。因为我出生在长沙的缘故吧，湖南的参会诗人是我最早就获取手稿资料的一批；青二十三届山东济南的诗人孙方杰兄弟，为我罗列出山东历届参会诗人名单和联系方式，拳拳之心，天地可鉴……晓笛向你们鞠躬致谢！

以上我提到的支持我工作的诗人们，只是冰山之一角，晓笛在此要感谢和感恩的诗人们实在是不胜枚举。囿于篇幅所限，此次“青春诗会”参会诗人手稿资料征集活动中涌现出的感人情节还有很多，晓笛之后会在媒体上用文字记述和表达我的感激之情。

还要感谢我的家人们！在收手稿快递的那些日子里，上至八十岁的老母（原《诗刊》社资料室李蕙敏），到爱妻张慧辉，下到十一岁的小儿王墨涵，为我收取了数百封快递，她（他）们是我的坚强后盾。

感谢所有投稿支持此次手稿资料征集的“青春诗会”的诗人们，我以你们为荣，我因你们而骄傲和自豪！

在此，特别向全力支持“青春诗会”40年参会诗人手稿资料征集活动的吉狄马加书记，李少君主编致以崇高的敬意！

感谢中国书籍出版社王平社长、刘向鸿总编对《致青春——“青春诗会”40年》出版的大力支持！

感谢北京鸿儒文轩文化传播有限公司崔付建董事长对《致青春——“青春诗会”40年》出版发行的无私贡献。

感谢所有关注“青春诗会”40年参会诗人手稿资料征集活动的朋友们！

在编辑本书的过程中，尽管编者欲事无巨细地收集完善资料和编辑工作，但人性使然，难免挂一漏万。据此，恳请专家学者、诗人们及批评家们海谅，待日后有机会时再修订增删。部分作品手稿系诗人根据记忆抄录，由于年代久远，难免与原作存在文字出入，特此说明。

祝福“青春诗会”永葆青春！

“青春诗会”万岁！

2021年3月9日于半半斋